27컷,
꿈을 담는
카메라

27컷, 꿈을 담는 카메라
아프리카 부룬디 아이들이 찍은 아프리카
ⓒ 손은정, 2011

초판 1쇄 펴낸날 | 2011년 8월 5일

지은이 | 손은정
펴낸이 | 이건복
펴낸곳 | 도서출판 동녘

전무 | 정락윤
주간 | 곽종구
편집 | 이상희 김옥현 박상준 구형민 이미종 윤현아
영업 | 이상현 **관리** | 서숙희 장하나

디자인 | 산들꽃꽃 **인쇄·제본** | 영신사 **라미네이팅** | 북웨어 **종이** | 한서지업사

등록 | 제311-1980-01호1980년3월25일
주소 | (413-756) 경기도 파주시 교하읍 문발리 파주출판도시 532-5
전화 | 영업 031-955-3000 편집 031-955-3005 **전송** |031-955-3009
홈페이지 | www.dongnyok.com **전자우편** | editor@dongnyok.com

ISBN 978-89-7297-654-7 03800

27컷,
꿈을 담는
카메라

**아프리카 부룬디
아이들이 찍은 아프리카**

손은정 지음

동녘

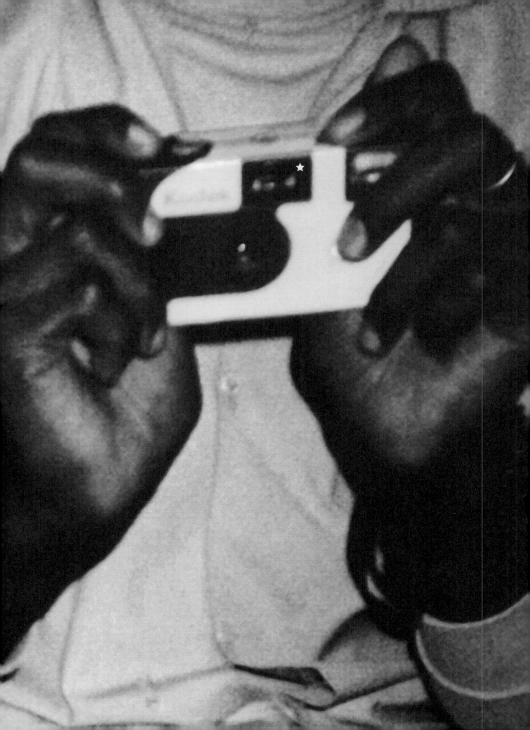

일러두기

1. 이 책에 수록된 사진 중 꿈꾸는 카메라 프로젝트에 참여한 아이들이 일회용 카메라로 찍은 것은 사진 아래에 이름/나이/지역/연도 형식으로 표시했다. 표시가 없는 사진은 꿈꾸는 카메라 프로젝트 부룬디 팀의 멤버들이 찍은 것이다. 다만 180~181쪽, 192~193쪽, 202~203쪽의 사진은 카메라를 수거하는 과정에서 아이의 인적사항이 누락되어 지역/연도만 표기했다.
2. 면지, 57쪽, 231쪽의 그림은 하수아(SUA) 작가의 작품이다. 꿈꾸는 카메라 프로젝트의 취지에 공감해 재능기부를 해왔고, 사진전이 열릴 때 함께 작품을 전시하기도 했다. 작가의 동의하에 책에 실었다.

아이들이 찍은 사진으로
아프리카를 다시 보며
차풍 요한드라살 신부

꿈꾸는 카메라 프로젝트를 기획하고 첫 번째 장소였던 잠비아를 다녀온 지 벌써 2년이란 시간이 흘렀습니다. 그 사이 몽골에도 다녀오고 생소한 나라였던 아프리카의 작은 나라, 아프리카의 스위스라 불리는 부룬디에는 두 번이나 다녀왔습니다.

아프리카에 대해 많은 책들이 나오고 많은 사람들이 관심을 가지고 있지만 여전히 아프리카는 낯설고 신기한 나라입니다. 특히 이 책의 주 공간인 부룬디는 아프리카에서 아주 작은 나라이기에 더욱 그렇습니다. 그러나 꿈꾸는 카메라 멤버들은 프로젝트를 하면서 부룬디라는 나라를 더욱 잘 알게 되었고, 부룬디 사람들과 가까워졌고, 아이들의 눈을 통해서 우리가 직접 보지 못한 부룬디와 아프리카의 모습을 볼 수 있었습니다. 그리고 그 결과물들을 이렇게 한 권으로 모아봤습니다. 부룬디가 아프리카를 대표하는 나라는 아니지만 이 책에서 보여주는 아프리카 아이들의 시선을 통해서 아프리카가 얼마나 많은 나라와 인종과 다양한 문화 속에서 살아가고 있는지를 다소 이해할 수 있고, 이제껏 보지 못한 새로운 시선으로 아프리카를 보게 해주는 대표적인 책이 될 수 있다고 생각합니다.

이제껏 많은 이방인들, 외부인들이 아프리카의 모습을 사진이나 책을 통해 소개했고, 그들의 눈을 통해서 아프리카라는 거대한 대륙의 일부분을 알 수 있었습니다. 그러나 이 책은 수많은 아이들의 시선을 통해서 자신이 태어나고 살고, 살아갈 가정과 마을과 나라의 모습을, 그들의 삶의 모습을 솔직한 아이들의 마음과 시선으로 담아내고 있는 사진들이 포함되어있습니다. 꿈꾸는 카메라 프로젝트를 통해서 이방인들이 겪었던 아프리카의 모습에 대한 생각과 잠비아, 부룬디 아이들의 수천 개의 시선이 합쳐져 새로운 아프리카를 생각하고 고민하게 하는 책이라 기대합니다.

꿈꾸는 카메라 프로젝트는 청소년들의 꿈! 곧 아프리카의 꿈을 외부인의 시선이나 생각이 아닌 그들에게 물어보고 그들이 보여주는 시선으로 보며, 목소리를 들어보자는 게 목적입니다. 인간이 살아가는데 가장 필요한 것이 무엇일까? 좋은 집, 완벽한 환경과 가정, 사회구조, 높은 문명⋯⋯. 이런 것들이 없을 때 인간이 인간일 수 있게 하는 것은 무엇일까? 그것은 바로 꿈이라는 희망의 비전이라고 생각합니다. 꿈이 있다면, 스스로 목표를 세우고, 포기하지 않으며, 자신을 이야기 할 수 있다고 생각합니다.

꿈을 눈으로 볼 수 있을까? 이 책 곳곳에 들어간 아이들이 찍은 사진에는 어른들에게는 숨겨진 아이들의 꿈이 담겨 있었습니다. 낡은 학교에 전기가 없어 한낮에도 어두컴컴한 교실에서는 아이들의 배우려는 욕구가 담겨 있고, 나무 막대기로 얽기설기 만들어 놓은 축구골대를 두고서 열심히 바람 빠진 공을 차면서도 즐거워하는 모습이 담겨 있습니다.

사진을 통해서 아이들의 꿈이 조금은 세상에 드러났다고 생각합니다. 한 분 한 분 관심을 보이면서 아이들의 꿈을 지원해주는 분들이 생겼습니다. 더 많은 사람들이 아이들의 꿈을 보고 지원한다면 더 많은 기회를 줄 수 있을 것이라는 생각에 사진전을 열기도 했습니다. 프로젝트를 기획하면서 '이게 과연 될까?' 생각했던 일들이 많은 이들의 관심 속에서 하나 둘 이루어지는 것을 보았고, 그럴 때마다 짜릿함을 느꼈습니다. 제가 경험하고 느낀 것들을 전합니다. 꿈은 이루어집니다. 누군가 조금만 관심을 가지면 아이들의 꿈도 곧 현실이 될 겁니다.

ISSA IRADUKUNDL | 12세 | 돈보스코 | 2011년

Burundi

꿈꾸는 카메라 01

노란색의 나라
부 룬 디

위즈 칼리파Wiz Khalifa의 〈블랙 앤 옐로우Black & Yellow〉가 발매되자마자 빌보드 차트 1위를 차지했다는 소식을 들은 것은 한국에 도착해 집으로 돌아가는 공항 리무진에서였다. 검정과 노랑, 검정과 노랑……. 아프리카의 검정 속에 어제까지도 머물러 있던 부룬디의 노랑이 머릿속에서 또렷하고 강렬하게 그리고 환하게 연상되었다. 그래, 부룬디는 노란색이었다.

부룬디의 우체국도 노란색이었다. 수도 부줌부라 한가운데 노란 병아리 한 마리가 앉아 있는 것 같은 노란색. 우체국 바로 옆에는 케냐항공 건물이 있고, 뒷문으로 나가면 부줌부라에서 가장 규모가 큰 중앙시장이 있다. 주변에는 호텔과 카페도 있어서 한눈에 상당히 번화한 곳이라는 것을 알 수 있다. 거리에 드문드문 노란색이 보인다. 기교도 변화도 없는 샛노란색. 부룬디에서는 우체국 건물도, 우체통도, 우체국과 관련된 부대시설도 모두 노란색이다. 프랑스 및 유럽 몇몇 나라의 우체통이 노란색인 것은 알고 있었지만, 부룬디까지 그럴 줄이야.

부줌부라에 도착해 차를 빌리러 향한 곳은 렌터카 사무소가 아니라 우체국이었다. 응? 우체국에서 차를 빌린다고? 우체국 옆에 렌트해주는 곳이 있는 게 아니고? 부룬디에서 우체국은 우리가 일반적으로 생각하는 것보다 더 다양한 업무를 하고 있었고, 부줌부라 사람들의 생활 속에서 동사무소, 사랑방, 잡화점 역할까지 하고 있었다. 말 그대로 슈퍼 만능이다.

신부님이 차를 빌리러 간 사이, 우체국 건물 담벼락에 앉아 사람

구경을 시작했다. 시내 중심지라서 그런지 세련된 복장을 한 사람들도 보였다. 우체국을 오가며 서류를 접수하기도 하고, 편지나 소포를 찾아가기도 하고, 우리처럼 자동차를 대여하기 위해 차 앞에서 설명을 듣고 있는 사람도 있었다. 하지만 그 모습이 전혀 분주해 보이지 않았다. 거리에는 사람들이 많아 복잡한데, 누구 하나 빨리 걷거나 재촉하지 않는다. 느긋하게 기다리고, 느긋하게 말하고, 느긋하게 걷는다. '빨리 빨리'에 익숙한 나는, 저런 생산성으로 하루에 몇 개의 업무나 처리할 수 있을지 괜히 걱정이 되었다. 한국에서라면 이곳에서 하는 일보다 10배는 많이 처리했을 텐데……. 이런 생각을 하고 있는데, 느릿하게 도장을 찍고 있는 직원과 눈이 딱 마주쳤다. 당황한 나머지 나도 모르게 시선을 피하고 일행에게 돌아왔다. 조심스럽게 뒤돌아보니, 우체국 직원이 재미있다는 듯 나를 보고 있었다.

한 소년이 누군가에게 선물로 보이는 상자를 들고, 환한 얼굴로 내 옆을 지나쳤다. 안에 무엇이 들어 있을까? 누구에게 보내는 것이기에, 저렇게 환하게 웃고 있는 걸까? 행복해 보인다. 그래, 나도 그랬던 것 같다. 우체국에 가던 날에는. 우표 수집이 취미였던 나는 새로 나온 우표를 사러 우체국에 자주 갔었다. 우체부 아저씨의 큼지막한 가방도 기억나고, 내가 보낸 편지의 답장을 며칠씩 기다렸던 기억도 떠오른다. 우체통의 마지막 회수 시간인 오후 3시에 맞춰 우체통에 편지를 넣곤 했는데, 그렇게 하면 하루 먼저 편지가 도착한다는 말을 들어서였다. 조금이라도 빨리 내 편지가 상대의 손에 닿았으면 하던 그 조바심. 혹시 주소를 잘못 쓰지는 않았을까? 다른

사람에게 배송되거나 운송 중에 우연히 바람에 날려 우체부 아저씨
의 손을 빠져나가지는 않았을까, 하는 괜한 걱정. 어떤 내용의 답장
이 올지 기다리던 설렘. 아쉽게도 이제는 이런 감정을 느끼기가 힘
들다. 하루에 100여 개가 넘는 메일을 받고, 농담이나 잡담도 메신
저로 즉각 할 수 있고, 때로는 정말 원하지도 않는 강매, 요청, 광고,
음란 메일까지 내 메일함에 들어와 있는 것을 보면서 설렘, 기다림
은 기억해내기조차 어려운 감정이다.

갑자기 꼭 꼭 눌러 쓰던 편지지 위의 연필 자국의 느낌과 지우개
로 몇 번을 지우고 다시 써서 더 힘주어 눌러 썼던 그 손편지의 느
낌이 손끝에 느껴지는 듯했다. 노란 우체국과 까만 얼굴들 속에서
잊고 있던 떨림과 설렘을 보았다.

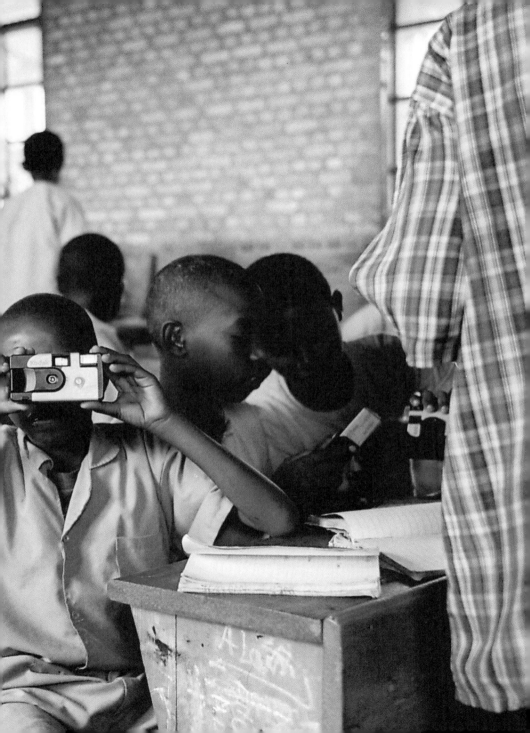

노란색 교복. 아이들로 가득한 학교에 갔을 때 제일 먼저 눈에 들어온 것은 아이들의 교복이었다. 노란색이라고 하기엔 미안한 약간 때가 탄 겨자색의 교복 말이다. 노란색 교복은 내게는 너무 의외였다. 빨래는커녕 먹을 물도 턱없이 부족한 이 나라에서 굳이 밝고, 때도 잘 타는 노란색을 아이들의 교복으로 정한 이유는 무엇일까. 단순하게 샛노란 색의 교복이라면 부룬디의 쨍한 햇볕 속에서 눈이 부셔서 거리를 다닐 수 없었을지도 모른다는 생각도 들었다. 그러다 문득 아프리카 사람들에게 노랑은 신이 함께 한다는 의미를 갖고 있다고 했던 게 떠올랐다. 그러고 보니 부룬디에는 유난히 노란색 담벼락이 많고, 노란색 옷을 입은 사람들도 많다.

노란색은 태양을 상징하는 경우가 많으며, 예부터 뜨거움과 화려함을 나타내는 색이었다. 그래서 적도에 근처에 있는 나라들의 국기에는 노란색이 많이 쓰인다. 동남아시아의 필리핀과 서남아시아의 키르키스, 동유럽의 보스니아·헤르체코비나, 아프리카의 우간다·가봉·카메룬·기니 그리고 카리브 해 국가들이 그러하다. 풍토와 기후에 따른 색의 인식 차이에서 기인됐다고 할 수 있을 것이다. 그러나 황금이나 구리 등의 노란색 자원이 풍요롭다는 의미에서 노란색을 사용하는 경우도 많은데, 아프리카의 가나와 앙골라, 남아프리카공화국 등이 이에 속한다. 카메룬 역시 풍요로운 대지와 곡물을 상징한다. 이외에도 종교적인 이유로 노란색을 사용하는 경우도 적지 않은데, 베트남의 노란별은 사회주의 인민의 결속, 말레이시아에서는 술탄의 권위, 르완다는 기독교의 정신, 바티칸은 십자군 전쟁

에 최초로 참여한 로마누공의 문장색이었다는 이유로 노란색을 사용하고 있다고 한다.

초기에 범아프리카의 색은 빨강, 노랑, 초록이었으나, 세계흑인지위향상협회 헌장에서 범아프리카색을 노란색에서 검은색으로 바꾸게 된다. 검은색은 흑인을 의미하므로 충분히 이해가 되지만 노란색이 빠지게 된 이유에 대해 상당히 궁금했었다. 조심스레 짐작해보면 어렴풋이 그 심정을 알 것도 같다. 물론 모든 경우에 그렇다고 할 수는 없지만, 일반적으로 서구에서 노란색은 전통적으로 천한 사람들이 사용한다고 멸시해왔던 색이었다. 그러므로 오랫동안 서구의 식민지 생활을 했던 아프리카 국가들이 노란색을 그대로 사용하기가 거북했을 수도 있다. 더욱이 서구로부터 막 독립이 진행되던 50년대 즈음에는 더욱 그 부분에 신경이 쓰였을 것이다. 하지만 분명 노란색은 그들의 문화 속에 '고귀한' 색으로, '친근한' 색으로 자리 잡고 있다. 서양인들의 뇌 구조에서는 어떤지 몰라도, 노란색은 인도나 중국 및 아시아권에서도 아름다운 색, 부를 상징하는 색으로 존중 받고 있음은 틀림없다.

아프리카의 눈이라 불리는 적도 인근의 부룬디. 항상 해가 정면에서 쏟아지는 노오란 햇빛이 눈부신 이 나라. 약간의 사막이 어우러진 비옥한 노란 토양에서 농사를 짓고, 노란색을 건물 곳곳에 쓰고, 자기 피부와 같은 검은색의 보색인 노란색 옷을 즐겨 입는 노란색을 좋아하는 이 나라 사람들은 분명 자신의 삶 속에 뿌리 깊게 박혀 있는 노란 빛깔들 속에서 '신과 함께' 살아가고 있다는 생각이 든다.

QUICK

Développem

Impression

OTO

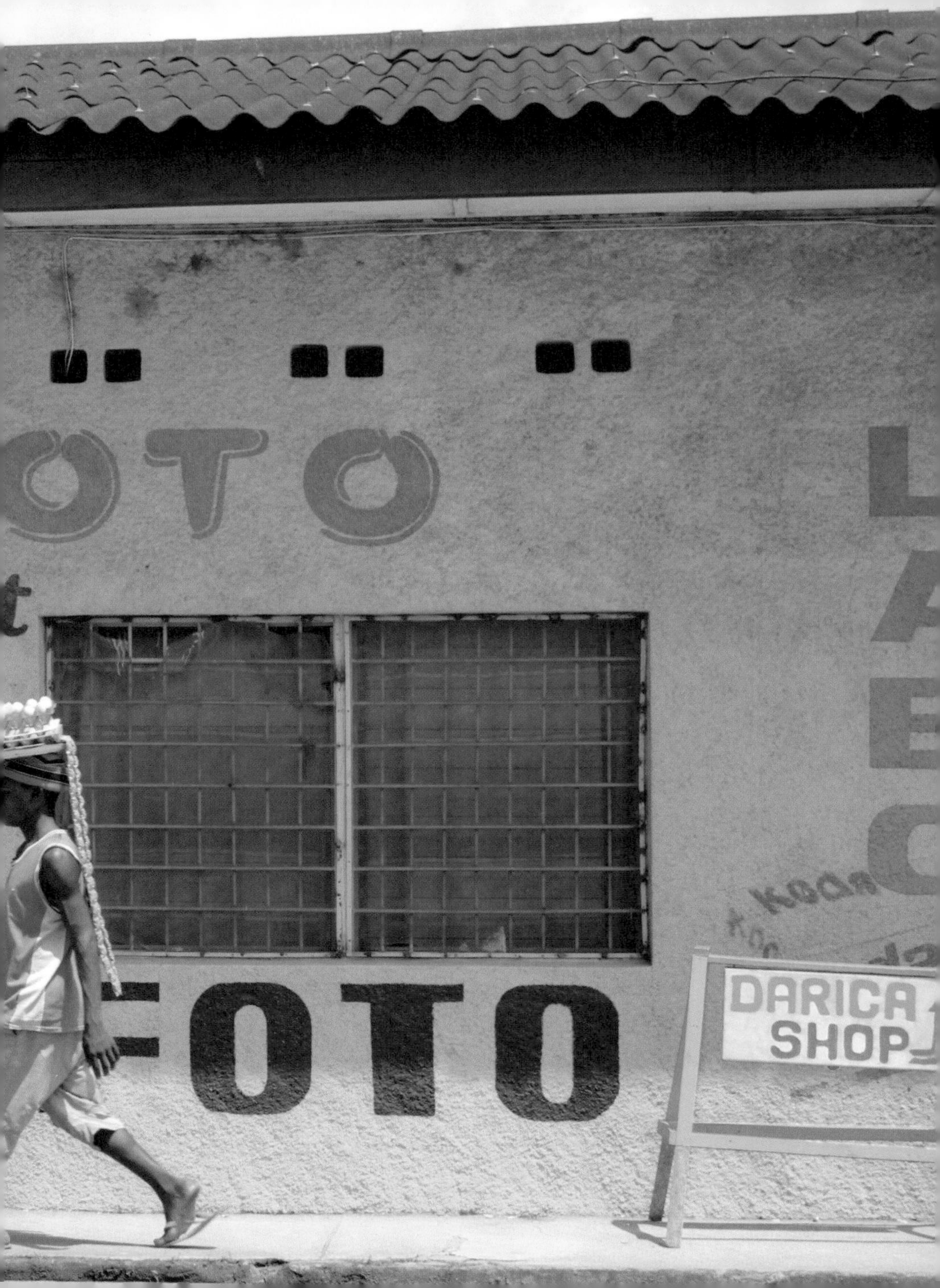
FOTO
DARICA
SHOP

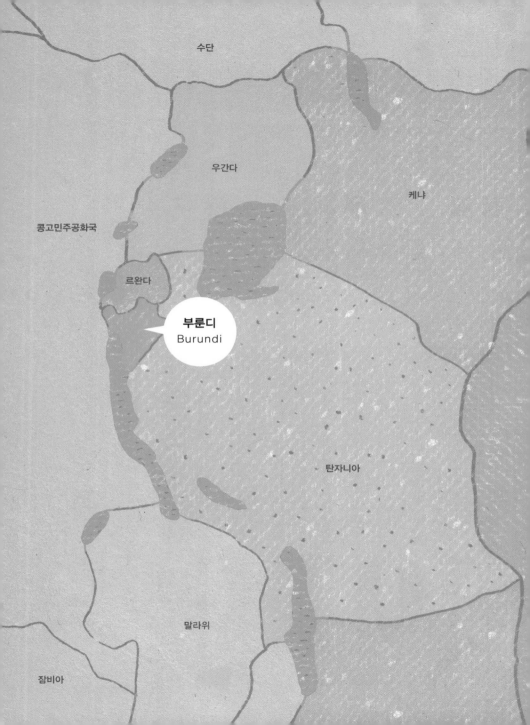

부룬디 국가 정보

우리에게 무척이나 낯선 나라 부룬디. 아프리카 대륙 어디쯤에 있다는 그곳으로 가는 여행을 시작하기 전에 잠깐 부룬디라는 나라에 대해 간단히 살펴보자.

아프리카 대륙 한가운데에 있는 작은 나라 부룬디는 우간다, 르완다, 콩고 민주공화국, 탄자니아와 국경을 접하고 있다. 여러 나라와 국경을 맞대고 있는 탓에 '아프리카의 심장'으로 불리며, 수도는 '부줌부라'이다.

16세기부터 독립 국가였지만, 제1차 세계대전과 제2차 세계대전을 거치면서 독일과 벨기에의 식민지였다가 1962년에 부룬디 왕국으로 독립했다. 1966년에 지금의 공화정 체제를 갖추었으나, 다른 아프리카의 독립 국가와 마찬가지로 여러 차례의 내전을 겪었다.

남서쪽으로는 아름다운 호수인 탕가니카 호수와 맞닿아 있으며, 호수와 맞닿은 서쪽 지대는 땅은 경작지나 목초지로 이루어져 있다. 이집트 나일 강의 가장 먼 원류가 부룬디에 있는 카가라 강이다. 일반적으로 빅토리아 호수를 나일 강의 수원으로 생각하지만, 카가라 강은 빅토리아 호에 이르기 전 690km를 흐른다.

부룬디는 적도 지역의 전형적인 열대사바나 기후를 띤다. 평균 고도가 1,700m에 육박하는 고원에 위치해 있기 때문이다. 적도에 있다 할지라도 생각보다는 덥지 않다. 그러나 동쪽으로 갈수록 고도가 낮아지고, 탕가니카호수와 떨어져 있어 덥고 나무가 없는 사바나 초원이 나타난다. 연간 평균 강수량은 1,500mm 정도로, 2월에서 5월, 9월에서 11월이 우기이고, 6월에서 9월, 12월에서 1월이 건기이다.

SHIMERIMANA SHASIA | 12세 | 돈보스코 | 2011년

Burundi

꿈꾸는 카메라 02

나,
꿈카를
만나다

NSAYISHIMYE MOUSSA | 17세 | 돈보스코 | 2011년

대학을 졸업하고 외국에서 오랫동안 일하다 한국에 돌아오니, 나는 이미 삼십대의 어른이 되어 있었다. 어릴 때 막연하게 생각했던 바로 그 책임감 있는 '어른' 말이다. 직장을 다니고, 화장을 하고, 카드를 쓰며, 연애를 하고, 내 돈으로 맛있는 음식을 사 먹으며, 쓰는 만큼의 돈을 벌기 위해 다시 일을 하는, 아주 평범한 '어른'이 되어 있었던 것이다. 하지만 이 짓을 너무 열심히 했나보다. 서른 중반이 되면서 나는 점점 우울해지기만 했다. 친구들이 권하는 금융상품, 잡지에서 본 화장품과 옷, 그리고 해외여행 패키지에 대한 생각으로 하루가 다 갔고, 내 통장의 빈약한 잔고를 보며 노후걱정을 하는 것이 다반사였다. 게다가 결혼문제가 모든 문제의 시작이자 마지막인 주위 모든 사람들은 '결혼'으로 내 고민을 한정지으며 압박하기 시작했다. 머릿속은 복잡한 일들로 꽉꽉 들어차고 있는데, 심장은 텅텅 비고 있었다. 온갖 잡다한 생활 정보, 미래에 대한 불안으로 복잡해진 머릿속은 점점 가열되어 뜨거워지고 있는데, 가슴속은 되려 낙엽처럼 말라서 바스러지고 있었다. 그게 느껴졌다. 머리와 가슴의 온도 차이가. 그 압력의 차가 커지면 커질수록 내 마음속에서 폭풍이 일어나 점점 나를 송두리째 휘감기 시작했다. 언제 터질지 모르는 화산처럼 약간의 자극에도 곧 폭발할 것 같은 아슬아슬한 상황이었다.

꿈꾸는 카메라를 알게 된 것은 그 즈음이었다. 무언가를 찾아야 한다는 절박한 나날을 보내다가 만난 2장의 사진. 그리고 나는 망설임 없이 한 번도 가본 적 없는 아프리카 대륙으로, 그것도 듣도 보도 못한 낯선 나라로, 잘 알지도 못하는 사람들과 떠나게 되었다.

하얀 원피스를 입은 맨발의 소녀가 분홍색 꽃을 안고 있다.
원피스는 낡았지만 분명 소녀가 가장 아끼는 '그녀의 드레스'
깨끗하게 빨고 곱게 펴서 정성스럽게 손질해 입은 것임을 한눈에
알 수 있다. 척박해 보이는 배경과는 달리 어디서 구했는지
분홍빛 고운 꽃을 들고 수줍게 웃고 있는 맨발의 소녀.
어디서 왔는지도 모르는 플라스틱 통에 곱게 꽂혀 있는
분홍 꽃이 화사하다. 물이 없어서 온종일 물을 길러 다니는
아프리카의 소녀들. 물통 속의 물은 그녀가 몇 시간을 걸어서
길어온 물인지도 모른다. 마실 물을 조금 덜어서 예쁜 꽃에 주는 것.
꿈을 가지고 산다는 건 이런 것일지도 모른다.
사진 속의 모든 것들은 부족해 보이지만
소녀의 미소는 그 부족한 모든 것을 채울 만큼 아름다웠다.

GLAOYS | 13세 | 잠비아 캄바지 | 2010년 8월

해질 무렵 십자기 옆에 앉아 있는 한 남자.

낮게 쌓아 올린 단 위의 십자가가 외롭지만 당당해 보인다.

윤동주의 시 〈십자가〉가 떠오르기도 했던 것 같다. 쫓아오던 햇빛이 걸린

낮은 십자가 아래 앉아 사색에 잠긴 한 흑인 남자가 윤동주와 오버랩

되기도 했다. 높은 첨탑의 십자가는 아니지만, 노란 피부의 남자도

아니지만 사진은 분명 그 느낌과 닮았다. 저 남자는 무슨 생각을 하며

십자가 옆에서 저런 표정으로 앉아 있는 걸까?

한 사진 안에 두 개의 세계가 들어 있다. 십자가와 그림자. 나의 시선은

사진 속의 한 세계에서 전혀 다른 또 다른 세계로 옮겨간다.

사진의 메인 모델에 절대 가려지지 않는 한 그림자. 사진을 찍은

아이의 그림자가 고스란히 찍혀 있다. 왠지 아이는 자신의 그림자를

의도적으로 사진에 넣은 것 같다. 피사체를 중심에서 한참이나 오른쪽으

로 밀어내고 딱 절반의 왼쪽은 자신의 자리로 남겨놓은 것이다.

자신을 드러내기 위해서라면, 다른 아이들처럼 누군가에게 부탁해서

자신의 사진을 찍을 수도 있고 셀카로 자신을 찍었을 수도 있었을 텐데.

그러고 보니 어쩌면 이 사진의 주인공은 이 '그림자'인지도 모른다. 형인지,

아버지인지 모르는 십자가 아래의 남자에게 13살짜리 아이는 키 큰

그림자를 통해 말하고 있는 것 같다.

27 컷, 꿈을 담는 카메라

이 두 장의 사진은 대체 어디서 나온 것인가? 꿈꾸는 카메라? 갑

자기 그곳에 가면 내가 잃어버린 무언가, 텅 비어 버린 가슴을 채울

무언가를 찾을 수 있다는 희망, 아니 확신이 들기 시작했다.

MUDILO SAMPU | 잠비아 | 2010년 5월

MUDILO SAMPU | 잠비아 | 2010년

LIFIOLS SAUNU | 잠비아 | 2010년

HEMDY | 잠비아 | 2010년

나, 꿈카를 만나다

SHIKUSBA BERSADA | 잠비아 | 2010년

BETHA KATOYO | 잠비아 | 2010년

KASNDA GREHAN | 잠비아 | 2010년

꿈카의 시작, 잠비아 프로젝트

신부님의 소개로 나는 또 한 사람의 이야기꾼을 만나게 되었다. 정신후. 그녀는 꿈꾸는 카메라의 첫 번째 프로젝트인 잠비아 팀 멤버였다. 늘씬한 몸매에 붙임성 있는 밝은 성격의 그녀는 첫 만남임에도 싹싹하게 나를 맞아주었다.

프로젝트의 이름인 '꿈꾸는 카메라'는 미국 다큐멘터리 영화 〈꿈꾸는 카메라: 사창가에서 태어나〉에서 시작됐다. 꿈꾸는 법을 잊어버린 줄 알았던 사창가의 아이들이 카메라를 잡으면서 희망을 그리게 된다는 이야기. 어느 날 우연히 이 영화를 접한 차풍 신부는 한동안 영화에 대한 생각을 지울 수 없었다. 카메라가 단순히 사진을 촬영하는 기기가 아니라, 아이들이 '좀 더 나은 미래'를 꿈꿀 수 있게 했다는 것에 매력을 느꼈다. 그는 외국에 선교 사목을 나가 있는 동료 신부가 했던 말을 떠올렸다. "여기 온 지 얼마 안 되어서 디지털 카메라로 애들 사진을 많이 찍어줬어. 사진 찍히는 걸 재미있어 하기에 내가 찍은 너희들 사진을 부활절 미사 때 보여주겠노라고 약속했지. 그랬더니 부활절 날 애들이 하루를 꼬박 걸어 성당에 온 거야. 자기 얼굴을 보겠다고. 강론 시간에 빔 프로젝터로 성당 벽면에서 사진을 보여주었는데 애들이 어찌나 좋아하던지. 한 번 보여준 것도 모자라 세 번, 네 번 계속 봤어. 겨우 분위기를 추슬러서 미사를 이어갔던 기억이 나."

동료 신부가 있는 곳은 아프리카 대륙의 중남부에 위치한 잠비아. 아프리카의 다른 나라들과 마찬가지로 오랜 가난으로 신음하는 곳, 한국처럼 집집마다 카메라가 있고 사진을 찍는 것이 일상화 된 나라가 아니다. 그렇다고 해도 어떻게 어린 아이들이 자신이 찍은 사진을 보겠다고 밤낮을 걸어올 수 있단 말인가. 이들에게 카메라와 사진이란 건 우리가 생각하는 것보다 더 큰 의미를 가지는 것임이 분명했다. 어쩌면 영화에서처럼 이 아이들은 카메라라는 낯선 기기를 통해 비로소 다른 세상과 소통하게 된 것인지도 몰랐다. 그렇다면 단지 사진을 찍어주는 것에 그칠 것이 아니라 아이들에게 카메라를 쥐어주고 마음껏 사진을 찍게 해보는 것은 어떨까.

그는 이 같은 생각을 평소 가깝게 알고 지내던 김영중 사진작가에게 털어놓았다. "아프리카 아이들이 직접 카메라를 들고 사진을 찍는다? 그거 재밌겠는데요. 아프리카에 대한 사진은 많았지만 대부분 아프리카 밖의 사람들이 그 안을 들여다본 것에 불과했으니까. 아프리카인이 보여주는 진짜 아프리카를 보여주는 것도 의미가 있지요." 선생님은 마침 비슷한 작업을 한 경험이 있었다. 강원도 분교의 아이들에게 카메라를 나눠주고 가족사진을 찍어오라고 한 것. 아이들이 직접 찍은 사진에는 부모, 형제 외에도 집에서 키우는 소, 재배하는 밭 등이 주인공으로 들어 있었다.

차풍 신부와 김영중 작가는 이 아이디어를 현실화 시켜보잠 의기투합했다. 잠비아의 아이들에게 카메라를 나눠주고 사진을 찍게 한 다음 그 사진을 인화해 선물로 주자는 내용의 프로젝트를 기획하게 된 것이다. 그러자면 들어가는 비용도 만만치 않고 프로젝트를 함께 할 인력도 필요했지만 그런 문제야 어떻게든 해결되리라 믿었다. 하긴 걱정부터 했다면 이 프로젝트는 성사되기 힘들었을지도 모른다. 훗날 '꿈꾸는 카메라'의 팀원들은 두 분의 그 무모하고도 놀라운 기획력에 감사할 수밖에 없었다.

약 한 달간의 기간 동안 프로젝트를 함께 할 팀원들이 구성되었다. 신부님과 선생님이 각자 일대일 면접(?)을 통해 엄선한 구성원들은 송의용(사진촬영), 조경석(영상촬영), 이슬기(영상촬영), 차마리아(기록), 정신후(기록), 김주혁(통역)이다. 이렇게 하여 서로의 가능성을 믿고 기꺼이 함께 한 여섯 명의 청년들과 디렉터 역할을 하시는 차풍 신부님과 김영중 선생님, 총 8명이 모이게 되었다. 카메라를 나눠줄 대상은 잠비아의 메헤바Meheba, 무딴다Mutanda 지역의 어린이 2,000명으로 정했다. 앞서 언급한 차 신부님의 동료 신부들이 가 있는 곳이다. 메헤바에는 김형근 신부님이, 바로 옆에 인접한 무딴다에는 양현우 신부님이 있다. 지역 내에 위치한 Basic School(우리나라로 치면 초, 중학교에 해당하는 학교)에서 카메라를 배포하기로 했다. 미리 학교 측에 프로젝트에 대해 알리고 양해를 구하는 것은 잠비아의 두 신부님들이 맡아주었다.

"사실 언니(그녀는 나를 어느새 언니라고 부르고 있었다) 지금 생각해보면 아쉬움이 너무 많아요. 처음이라서 더 겁이 나기도 하고 겁이 없기도 했던 것 같아요. 다시 간다면 더 열심히 할 수 있을 것 같고, 잠비아의 추억은 잊을 수가 없어요. 아마 언니도 부룬디에 가면 그러실 것 같아요. 사실 현지 신부님 두 분과 차풍 신부님이 정말 많이 고생하셨죠. 그 세 분만큼은 아니지만 우리도 참 열심히 한 거 같아요. 그런데 정말 돌이켜보면 저희가 한 것은 별로 없는데 받은 게 더 많은 것 같아요.

첫 학교를 방문하기 전 날인가, 한 마을을 방문한 적이 있었어요. 빅토리아 호수 근처에 있는 앙골라 난민들이 사는 마을이었을 거예요. 일회용 카메라를 나눠주러 간 건 아니었고, 김형근 신부님이 근방에서 유일한 관광지인 호수 구경도 하고, 현지인들 사는 걸 가까이에서 볼 겸 가자고 하셔서 두 신부님의 차를 타고 갔지요. 두 대의 승합차가 들어오는 걸 보자 어디에 숨어 있었는지 여기저기서 꼬마들이 우르르 뛰어나오더라고요. 우린 가져간 디카와 폴라로이드 카메라로 사진을 찍었어요. 디카 화면으로 사진을 보여주고, 폴라로이드를 선물하기도 하고. 너무너무 좋아하더라고요. 우리 팀원 중 누군가가 애기들을 위주로 찍어주니까 다들 집에 뛰어가서 강보에 싸인 어린 애기들을 데려오기도 하고요. 덕분에 갓난 애기들 많이 봤어요. 어쩌면 그렇게 귀여운지! 그렇게 한참 시간을 보내다가 숙소로 돌아와 이야기 하는데 다들 비슷한 걸 느꼈나보더라고요. 오늘 우리가 한 건 뭐였을까? 이벤트? 우린 누굴 만나러 왔나? …… 앙상한 몸과 남루한 옷, 이방인에 대한 동경이 가득한 눈. 아프리카인들에 대한 선입견, 편견에 딱 부합하는 그 사람들을 보며 우리는 그저 신기하다고 하면서 우르르 몰려와 신나게 사진만 딱 찍고 우르르 돌아가 버린 사람들이잖아요. 우리들의 카메라에는 그들의 표정과 모습이 많이 남아 있었지만 그들의 이름, 나이, 그들이 나와 무슨 얘길 하고 싶었는지를 기억하는 사람은 아무도 없었어요. 앞으로 프로젝트를 하면서 많은 사람들을 만날 텐데, 이런 식으로는 안 되겠다는 생각이 들더라고요. 한 사람을 만나더라도 제대로 만나야겠다. 그러려면 어떻게 해야 할까? 그런 고민을 하기 시작했던 것 같아요.

그리고 며칠이 지나 일요일이었을 거예요. 우리는 두 팀으로 나눠서 미사에 참석하기로 했어요. 차로 1시간 정도 떨어진 공소에 가서 미사를 봉헌했어요. 아프리카에서 드리는 미사, 그거 참 좋아요. 너무 신나고 너무 자유분방한데 그 안에 담긴 그 마음은 누구보다 진실하거든요. 봉헌할 때 사람들이 자기가 직접 키운 감자, 양파, 달걀(심지어 살아 있는 닭을 가져와 봉헌하는 사람도 있대요) 등을 바치는데 그 모습도 감동적이고요. 성가를 부르는 중에 한 사람이 흥에 겨워 일어나 춤을 추기 시작하면 옆에 있던 사람들도 죄다 일어나 리듬을 타고……. 미사 중에 태연하게 젖가슴을 내놓고 아기에게 젖을 물리는 젊은 엄마도 있고, 성가대는 또 어찌나 노래를 잘 하는지! 거의 2시간 가까이 노래와 춤으로 계속된 미사가 끝나고 나서 우리는 성당에서 밥을 먹게 되었어요. 사목회장님이 우리를 위해 '특별한 시마'를 준비해주셨더라고요. 시마는 잠비아 사람들이 주식으로 먹는 음식인데, 옥수수를 가루로 빻아 반죽해서 찐 거예요. 허연 반죽을 손으로 뜯어서 짠 나물무침이랑 같이 먹어요. 우리나라로 치면 밥과 반찬인 셈이죠. 그런데 이 날은 특별히 우리를 위해 사목회장님이 닭을 잡으셨더라고요. 닭이라야 깡말라서 살도 거의 없지만. 아무튼 성당의 몇몇 신자들과 함께 둥그렇게 둘러앉아서 말없이 시마를 먹었어요. 전기가 없어 한낮에도 어두컴컴한 성당 제의실에서 쪼그리고 앉아 손으로 시마를 먹었던 그 날이 참 기억에 남아요. 함께 음식을 나눈다는 것의 의미를 좀 알 것 같더라고요. 그제야 진정으로 이 사람들과 나 사이에 소통이 이루어지기 시작했다는 느낌도 들고. 사실 우리가 잠비아에 머무르는 동안 우리만의 성(메헤바 성당 사제관)에 머물며 현지 주민들과 보이지 않는 바리케이트를 치고 있었거든요. 온전히 그들 삶에 동화되지 못했다는 말이에요. 매 식사 때마다 읍내 마트에서 사온 빵, 면, 쌀, 우유 등 그들은 먹을 수 없는 음식들을 먹으며 전기가 없는 마을에서 태양열 발전기로 노래도 듣고, 컴퓨터도 하고. 그렇게 지내다가 종종 주민들과 함께 식사를 하게 되면 그 순간만큼은 보이지 않는 바리케이트가 사라진 것 같아서 좋았어요. 하지만 끝내 그런 라포의 순간은 그리 많지 않았네요. 이제와 생각하면 잠비아 활동 중 아쉬웠던 부분이에요."

나는 아직 이해하지 못할 그녀만의 꿈꾸는 듯한 눈빛과 미소가 너무 부러워지기 시작했다. 그녀가 보여준 꿈꾸는 카메라의 예고편은 아직 긴장과 설렘으로만 가득했던 유혹적인 환상을 현실로 확정해버렸다.

NYIOMWUSERE PASIPIKE | 18세 | 돈보스코 | 2011년

Burundi

꿈꾸는 카메라 03

왜 빵이 아니라
카메라 입니까?

아이들에게 우리는 어떤 존재인가 생각해 봐야 할 것입니다. 우리가 여기에 온 목적이 단순히 아이들에게 카메라를 배포해주기 위한 것은 아닐 것입니다. 어른들의 몰이해로 꿈을 잃어버린 아이들에게 꿈을 심어줄 수 있도록 하기 위해 우리가 여기 온 것이라고 생각합니다. 우리 프로젝트가 인위적이지 않도록, 가식적이지 않도록, 본질을 잊지 말아야 할 것입니다.

2011년 2월 1일 새벽 나눔에서 차풍 신부님

27컷, 꿈을 담는 카메라

꿈꾸는 카메라는 단순히 카메라를 나누어주기만 하는 프로그램이 아니다. 꿈꾸는 카메라는 '꿈'을 나누고, '꿈'을 찾는 프로젝트이다. 그 꿈은 사진을 찍은 아이의 꿈일 수도 있고, 프로젝트를 진행하며 아이들에게 사진을 찍을 수 있게 도와주는 '우리'들의 꿈일 수도 있다. 누구에게나 꿈은 살아가는 원동력이 되는 것이니까.

차풍 신부님은 일반적으로 생각하는 신부님과는 달랐다. 바야바 같은 수염을 기르고, 오토바이를 타고 다닌다. 불평이나 힘든 상황을 털어놓으면 설교 대신, "어머나, 그래 어쩌니?"라고 말한다. 애플의 절대 신봉자로 모든 생활의 애플화를 부르짖고, 전화는 받지 않아도 페이스북에 실시간 답글을 남기는 그는 진정한 괴짜 신부님이다. 솔직히 처음 만났을 때 나는 이 사람이 정말 신부가 맞는지 교구청에 확인해보고 싶었다.

"가끔 사람들에게 '왜 빵이 아니라 카메라입니까?'라는 질문을 받기도 하죠. 물론 당장의 생명의 살리기 위해 당연히 식량이 시급한 지역이 아프리카에는 많아요. 특히 물이 없어 식량을 자급할 수 없는 사막화된 남수단 같은 곳들은 정말 하루하루의 물, 빵이 곧 그 사람들의 삶 자체와 직결되어 있어요. 그곳에 정말 도움의 손길이 필요합니다. 그리고 많은 분들이 돕고 있죠. 세계식량기구나, UN, 여러 NGO 단체들 등. 그리고 그러한 도움은 지속되야 하고, 더 많아져야 한다고 생각합니다. 그런데 아프리카는 당장의 식량만이 전부인 곳 말고도 여러 형태의 도움이 필요한 지역이 많아요. 먹을 것이 '근근이', '겨우'라도 해결이 된다거나, 농사를 지을 수 있는 곳이거나, 내전이나 잘못된 개발 방식으로 인해 또 다른 상처와 불균형으로 착취당하고 있는 곳들. 그러한 곳에도 도움이 필요합니다. 사람이 빵만으로 살 수 없잖아요. 겨우 숨을 부지할 수 있는 만큼이라도 먹을 것이 해결된다면, 그 사람들에게는 존재의 이유가 필요한 것이죠. 오늘 살아 있는 이유가 내일 빵 한 조각을 더 먹고 살아남기 위해서가 아니니까요. 그러한 삶의 희망, 존재의 이유를 깨닫게 도와준다면 그들 스스로 남들의 도움 없이도 잘 살아갈 수 있거든요. 응급처치가 필요한 환자가 있고, 응급처치가 끝났으면 본격적인 치료를 해야 환자가 있는 것과 같은 것이지요.

그런데 꿈꾸는 카메라를 처음 시작할 때는 그런 줄 알았어요. 우리가 그들의 꿈을 간직할 수 있도록 도와주는 것. 그들이 살아가는 의미와 희망을 찾아줄 수 있는 그런 도움을 주기 위한 프로젝트라고. 그런데 잠비아를 가고, 몽골을 가며, 아이들을 만나고, 아이들의 미소를 보고, 아이들과 웃고 장난치고, 그들의 사진을 봤어요. 프로젝트가 끝나고 나서 깨닫게 된 것은, 결국 도움을 받은 것은 나였고, 우리 프로젝트 팀 멤버였던 것이죠. 아이들을 만나면서 그들이 가진 꿈들, 그 척박한 환경 속에서 어른인 우리는 상상하기 힘든, 아이이기에 가능한 그 꿈들을 보며, 어릴 적 누구나 한 번쯤은 가지고 있었던, 그래서 행복했던, 그 꿈들이 떠올랐고, 그 꿈과 아이들의 꿈이 합쳐져서 더 커지고, 아시죠? 긍정의 에너지는 더욱 합쳐지면 시너지가 커지고 더 커져서 1+1은 2가 되는 것이 아니라, 1+2가 3, 4, 아니 10이 되잖아요. 그 꿈의 무한 증폭을 경험하게 되었죠. 하느님의 무한한 사랑과 희망이 이런 것이라 느낄 수 있었죠. 하느님을 섬기는 저에게는 저의 꿈이 하느님의 사랑을 실천하는 것이기에 이렇게 느껴졌던 것이고, 팀원들은 각자 다른 꿈들이 있었을 테니 다른 형태였기는 하나, 프로젝트를 진행한 팀원 모두가 공감한 것은, 마치 자신의 꿈을 찾으러 다녀온 것 같았다는, 그것을 정확하게 제대로 구체적으로 떠올릴 수 있던 사람도 있었고, 그렇게 구체적이지는 못하지만 적어도 '행복해졌다, 그리고 앞으로 더 행복하게 살아갈 수 있을 것이다'라고 말할 수 있다고 입을 모았죠."

차풍 신부님을 처음 만났을 때, 내게 해준 말이다.

습관처럼 잠이 오지 않는 밤, 아니 오늘만은 이유 없이 잠이 오는 그런 불면의 밤이 아니었다. 점심시간에 만났던, 차풍 신부님의 말이 계속 귓가를 맴돌았다. 이미 웹사이트에서 봤던 잠비아의 소녀와 그림자 사진을 보고 뭐라고 형언할 수는 없지만, 차풍 신부님의 말씀과 맥락이 비슷한 느낌을 받은 후인지라, 뭔가 복잡한 마음의 가닥을 잡기 힘들어 이리저리 뒤척이고 있었다.

어른이 되면, 가려진 것, 보이지 않는 것을 잊어버리거나, 보는 능력을 잃어버리거나 혹은 아예 보지 않으려 한다. 그래서 어린 왕자의 '내'가 말한 대로, 어른들에게 말할 때는 늘 설명이 필요하다. 아이들이 피곤해 하는 것도 이해가 된다. 나 역시 눈에 보이지 않는 것은 도저히 보이지도, 상상도 되지 않으니까.

오랜만에 《어린왕자》를 펼쳤다. 모자 속에 들어 있는 코끼리를 보며, 낮에 차풍 신부님의 말씀이 떠올랐다. 아이들의 눈을 통해 보는 꿈, 그걸로 자신의 꿈을 보게 되었다는 꿈꾸는 카메라. 그리고 그어떤 설명보다 강렬한 느낌과 궁금증을 일으켰던 그 잠비아 어린이의 사진 두 장. 그래, 꿈꾸는 카메라를 통해 어쩌면 난 나의 행복이나 꿈을 기억해낼 수 있을지도 모른다.

카뉴사 어린이들
교회에서 행사가 있다니
아이들이 다 모였다.
아장아장 걷는 동생은
손을 꼭 쥐고 데리고 오고,
아직 걷지 못하는 동생은
등에 없었다. 아이들을
키우는 것은 아이들이다.
아프리카에서 가족이란
의미가 왜 중요한지 느껴진다.
저렇게 엄마보다 더
오랜 시간을 언니나 오빠의
품에서 자라는 아이들에게
핏줄이 주는 의미는 남다르다.

후투족과 투치족

부룬디에 있는 동안 부룬디의 두 민족인 후투족과 투치족을 구별하는 것은 내겐 참으로 어려운 일이었다. 꿈꾸는 카메라의 두번째 행선지였던 카뇨샤 Kanyosha는 정권을 내어준 투치족이 쫓겨나 모여 있는 마을이다. 지금은 다수 민족인 후투족이 정권을 잡고 있어, 한때 지배층이었던 투치족들은 투치족 거주 지역을 벗어나면 언제 후투족에게 테러와 공격을 당할지 모르기 때문에 자기들 끼리 일정한 지역 안에 모여 살고 있다.

그들이 원래부터 그렇게 싸운 것은 아니었다. 투치족은 유목 생활을 하고 후 투족은 농사를 지으면서 평화롭게 살았다. 투치족이 후투족을 지배했다고는 하 나, 투치족이 유목민으로서 전사 계급이었기 때문에 후투족으로부터 공물을 받 았다고 한다. 문제가 생긴 것은 유럽 열강들이 들어오면서였다. 벨기에가 부룬 디와 르완다 등을 점령하면서, 조금 더 키가 크고 얼굴이 하얀 편이었던 투치족 이 백인에 더 가까운 우월한 종족이라고 보고, 식민지 통치에 투치족을 마름처 럼 이용했다. 그때부터 두 민족 사이의 골은 더욱 깊어졌다. 사실 때리는 시어 머니보다 말리는 시누이가 더 밉지 않은가? 그래서 후투는 궁극적인 착취의 원 인인 백인들보다, 그들의 앞잡이로 그들의 조정을 받아 자신들을 착취하는 같 은 동족인 투치를 더욱 증오하게 되었다. 이것이 그들의 비극적 인종 분쟁의 근 본적인 시작이다.

CISHAHAYO ERIC | 11세 | 카노샤 | 2011년

Burundi

꿈꾸는 카메라 04

타이레놀과
지우개 달린 연필

 MANIRAKIZA ERITHIEN | 11세 | 돈보스코 | 2011년

부룬디를 가야해 말아야 해 고민하면서도, 내 마음 한편에서는 부룬디에 아이들에게 무엇을 선물해야 할지 생각하고 있었다. 제한된 부피와 제한된 시간, 제한된 재화, 그리고 무엇보다도 그 아이들에 대해 알지 못하는 나. 선물을 받을 상대가 무엇을 원하는지도, 무엇이 필요한지도, 무엇이 절실한지도 모른 채 골라야 하는 선물은 매우 어렵다. 비행기에 가져 갈 수 있는 짐을 최소화하고 함께 출발한 단체인 B4BBooks for Brundi에서 준비한 책을 함께 싣고 가기로 했기 때문에 개인용품도 지퍼백 하나 정도로 제한했다. 도저히 많은 양의 짐을 가져갈 수 없는 상황이었다. 방법을 찾고 찾던 중에 인터넷에서 읽은 이야기가 생각났다.

이탈리아에 주둔하고 있던 미군 상사의 아들인 13세의 바비 힐의 이야기이다. 바비는 어느 날 알베르트 슈바이처 박사에 관한 책을 읽고 감동을 받았다고 한다. 그래서 그는 유럽 지역 미 공군 사령관 리처드 린제이 장군에게 편지를 썼다. "제가 산 아스피린 한 병을 보냅니다. 이 약을 아프리카에 계신 슈바이처 박사님의 병원에 낙하산으로 떨어뜨려 주시면 감사하겠습니다." 린제이 장군은 이 소년의 편지를 방송국에 보냈고 방송국에서는 이 사연을 방송에 내보냈다. 이 방송에 감동 받은 유럽 사람들이 약품과 돈을 보내왔다. 그리고 40만 달러어치의 약품을 모아 이탈리아와 프랑스에서 제공한 비행기에 싣고 바비까지 동승시켜 아프리카의 슈바이처 박사에게 보냈다.

세상에 얼마나 기특한 아이인가. 아이들의 꿈에는 힘이 있다. 아이들의 꿈은 에너지 그 자체이다. 세상을 움직이고, 사람을 움직이고, 불가능해 보이는 것을 가능하게 만드는 씨앗이 아이들의 꿈에 있다. 이유는 간단하지 않은가? 그 깨끗한 영혼들에게 신들이 모든 희망을 담아두었기 때문이다. 이 무섭고, 잔인하고, 척박한 판도라 상자와 같은 세상 속에서 아이들의 꿈이 결국 우리의 희망이 아닐까? 결국 아이들에게 답이 있다. 그들은 때 묻지 않았기에, 신의 뜻을 가장 분명히 우리에게 전달할 수 있는 유일한 매개체인 것이다.

아이들의 꿈에는 '대가없는 온전함'이 있다. 아이들은 자신의 어떤 것을 줄 때 아까워하거나 보상을 바라지 않는다. 어른들의 방식처럼 무엇을 해주고 무엇을 받을 것인지에 대한 계산과 협상이 없다. 자신이 할 수 있는 만큼. 그리고 그것을 전부 내어주는 마음. 그것이 가장 인간다운, 가장 온전한 사랑이 아닌가 싶다. 그때 알았던 온전한 사랑을 잊어버리는 과정이 어른이 되는 '성장'이란 것일까?

덕분에 나는 아스피린을 준비하기로 마음먹었다. 일단 의사 친구들에게 문의해서 어떤 약이 보편적으로 괜찮을지를 알아보고 약을 사기로 했다. 하루밖에 남지 않아 촉박하긴 하지만 답을 찾은 기쁨에 나는 즉시 친구들에게 전화를 해서 아스피린의 적합성에 대해 물었다. 그날따라 친구 녀석들은 통화가 되지 않아 급한 마음에 일전에 소록도 관련 활동으로 인터뷰를 했던, 한번 밖에 만나지 못한 의사 선생님께 대뜸 전화를 걸어 이것저것 문의했다. 잘 알지도 못했던 내 갑작스러운 전화에 친절하게 대답해주시고, 아스피린 대신 타이레놀을 추천해주셨다. 사실 의약품은 그들에게 정말 필요한 선물

HATUMYISMARA TOYEUYE | 11세 | 돈보스코 | 2011년

이나 전문지식이 없는 이들의 '마음대로' 선물을 하지 않기 위해서 는 아주 일반적인 진통제 정도의 그것도 소량정도가 적합하다고 보 고 타이레놀을 준비하기로 했다. 한꺼번에 주문하기가 어려워 몇 개 의 약국에서 나눠서 50통을 준비했다. 초치기 선물 준비 완성. 꿈꾸 는 카메라 하나에 타이레놀 하나씩을 붙여줘야겠다고 생각하니 마 음이 날아갈 것 같았다.

분주히 약국을 왔다 갔다 하고 있는데, 갑자기 회사에서 함께 일 하던 편 과장님이 메시지를 보내 잠시만 시간을 내달라고 했다. 내 일 출발인데 짐조차 싸지 못하고 (사실 짐이야 지퍼백 하나에 다 넣 어야 하니 쌀 수 있는 것도 없지만) 타이레놀 사느라 동분서주하고 있는 상태에서 그녀는 방문이 살짝 귀찮았던 것도 사실이다.

그녀는 조그만 비닐봉지를 내밀었다.

"연필이에요. 지우개 달린 연필. 아이들이 지우개가 필요할 것 같 아서요. 아프리카에 가본적은 없지만, 아이들에게 지우개와 연필을 같이 사줘야할 것 같아서요."

지우개 달린 연필 10다스였다. 그리고 마지막으로 내미는 비타민 한 박스.

"이건 차장님을 위한 거예요. 잘은 모르겠지만, 기후도 다르고 하 니까 몸이 많이 피곤할 것 같아요. 꼭 드셔야 해요. 건강하게 잘 다 녀오세요. 저는 직접 갈 수는 없지만 꿈꾸는 카메라를 응원할게요."

사려 깊게도 물에 타서 마시는 가루로 된 비타민을 내게 건네준 것이다. 회사에서 유일하게 내가 아프리카 가는 것을 이야기했다. 아무리 휴가를 내고 연휴를 끼고 간다고는 하지만, 역시 무리가 있는 스케줄이었다. 부룬디에 가는 사연을 구구절절 이야기하기도 그렇고, 어쩌면 내 스스로가 이 알 수 없는 이끌림을 잘 설명한 자신이 없어 나는 회사에도 가족들에게도 알리지 않고 다녀오기로 했다. 그래도 누군가 회사에 한 사람 쯤은 알고 있어야 할 것 같아 그녀에게 말했던 것이다. 떠나기 전날. 나는 그녀에게 선물을 받았다.

선물.

나는 부룬디 아이들에게 줄 선물을 고민하고 있었고, 그런 고민 중에 또 다른 누군가에게 선물을 받았다.

이 예상치 못한 선물로 내가 믿게 된 것이 하나 있다. 선물의 도미노 효과. 그리고 그 끝은 다시 시작으로 돌아온다. 더욱 아름답고 더욱 큰 울림으로 증폭되어 내게 다시 돌아온다는 것을 믿게 되었다.

이 아름다운 도미노 효과의 수혜자는 결국 나였다.

BUCUMU HEBORO | 15세 | 돈보스코 | 2011년

퓰리처상 수상작 속의 부룬디

비행기 티켓을 끊고 황열병 예방접종도 예약한 후, 인터넷으로 부룬디의 사정이나 알아볼까 하고 찾아본 그때, 나는 알게 되었다. 내가 부룬디에 대해 전혀 모르고 있는 것이 아니었다는 것을. 작년 퓰리처상 수상작 전시회에서 본 끔찍한 내전을 겪은 나라들 중 하나였다. 뉴스에 많이 오르내렸던 르완다만 기억하고 이름도 몰라 기억 속에 아예 없던 그 끔찍한 내전과 두 인종 간의 분쟁으로 대량 학살이 일어났던 그 나라가 '부룬디'였던 것이다.

내가 본 것은 마사 리얼Martha Rial의 사진. 1998년 보도사진 부문에서 퓰리처상을 수상했던 사진작품들 속의 부룬디. 중앙아프리카의 인종 분쟁의 비극이 고스란히 담겨 있는 그 속에는 꿈이라고는 없어 보였다. 부룬디와 탄자니아 국경 근처 난민촌의 모습을 담은 사진들 속에는 죽음과 비참함, 분노와 슬픔뿐이었다. 어린 나이에 고아가 되어 눈물을 흘리는 아이, 성폭행을 당해 괴로워하는 여성, 만든 지 얼마 안 되어 붉은 흙이 드러나 있는 무덤들……. '꿈' 따위는 존재하지 않는 듯했다.

카메라의 눈, 마사 리얼이 포착한 부룬디의 모습. 그렇다면 그 속에 살고 있는 아이들의 눈으로 본 부룬디는 어떨까? 부룬디를 향하기에 앞서 걱정과 기대가 교차하고 있었다.

마사 리얼의 부룬디 사진은 퓰리처상 홈페이지(http://www.pulitzer.org/works/1998-Spot-News-Photography)에서 확인해볼 수 있다. 혹시라도 마사 리얼의 작품에 대해 궁금한 사람이 있다면 그녀의 홈페이지(http://martharial.com)를 참고해보자.

Burundi

꿈꾸는 카메라 05

꿈꾸는 카메라
최강 막강
부룬디 팀

이쯤에서 우리 팀을 소개해야 할 차례가 된 것 같다. 사실 부룬디 행 막차를 타게 된 나는 구정 연휴 및 방학 시즌의 성수기에, 없는 비행기 표를 억지로 구했다. 차풍 신부님을 만난 날, 부룬디 프로젝 트가 있는 것을 알게 되었고, 팀원들도 거의 모르는 채 부룬디로 떠 나게 된 것이다. 생면부지의 사람들과 듣보잡 나라(그때의 나에게는 그랬다)에 가기로 한 결정을 24시간 내에 내리다니. 분명 마법에 걸 린 것이 틀림없다. 나중에 알았지만 행복한 마법.

차풍 신부

꿈꾸는 카메라의 대장.
궁금할 분들을 위해 부연하자면, 정말로 이름이 '차풍'이다! 성은 '차', 이름은 '풍'.

직업 신부·의정부 교구에서 청년 사목을 담당하고 있다. 신세대 신부의 지평을 열다! **나이** 본인은 별로 밝히고 싶어하지 않으나, 겉보기 등급보다 조금 어림. 수염이 있다고 해서 너무 노안으로 보면 큰일 남. **좋아하는 것** 우쿨렐레 연주. 실력은 검증되지 않았다. 그러나 부룬디에까지 우쿨렐레를 가지고 오셔서 사람들을 기쁘게 했다. 오토바이를 좋아해서 평소에도 두카티를 타고 다니신다. 간지를 위해 가죽 잠바도 항상 함께. 그러나 왜 간지가 원하는 만큼 나지 않는 걸까?
성격 다중(?)적 성격. 유머를 사랑하고, 무겁고 딱딱한 분위기보다 행복하고 즐거운 분위기를 좋아한다. 보기와 달리 음악을 사랑하고, 악기를 잘 다루지는 못해도 많이 만져보고 배워보고자 하는 열정이 크다. 애플사에서 명예 사원증이라도 하나 줘야 할 만큼 애플에 대한 사랑이 깊다. 아이폰으로 거의 모든 '소통'을 하고 갖가지 어플들을 실생활에 활용하고 시도해보며, 페이스북 및 트위터 등을 가열차게 이용하여 가히 SNS의 황제라고 할 만하다. 핸드폰으로 연락은 잘 되지 않으나, SNS로는 즉답을 받을 수 있다. 아이패드로 강연하는 것을 좋아하며, 부룬디에 와서도 단 한 가지 걱정은, 친구 신부님에게 맡겨둔 농사짓기 게임뿐. 진정한 덕후의 진수를 보여준다고나 할까? 단, 책 읽는 것은 별로 좋아하지 않는다. 소설책을 선물한 적이 있는데, 당황한 모습이 역력. 이를 어쩌나 하는 그 표정을 잊을 수 없다.

김영중

우리는 '영중 샘'이라고 불렀다. 차풍 신부의 사진 선생님으로 인연이 시작되었다. 아프리카로 출사를 가기로 했다가, 차풍 신부와 의기투합하여 첫 프로젝트인 잠비아를 가게 되면서 지금까지 함께 하고 있다.

직업 사진작가 **나이** 역시 밝히고 싶어하지 않으나, 40대의 후반을 향해 달리는 (?) 꿈꾸는 카메라의 최고령자. 하지만 나이가 들어도 꿈꾸며 산다는 것이 무엇인지 가르쳐 주는 멋진 작가 샘. **좋아하는** 것 먹는 것. 몸은 먹는 것으로 만들어진다는 주의. 어떤 것을 먹느냐에 따라 우리의 몸이 만들어지기 때문에, 좋은 몸을 만들기 위해 자신은 잘 먹어야 한다고 생각한다. 저녁 10시만 되면 잠들고, 새벽 5시에 기상. 일과가 끝난 후, 밤중에 시작되는 팀원들의 게임에는 동참하지 못해 안타까움을 자아냈다. 전력 문제로 10시에 소등했던 아프리카 라이프스타일과 꼭 맞는 분. **성격** 열정 그 자체. 평상시에는 말을 잘 하지 않으시고, 특히나 불만이 있을 때는 더욱 입을 굳게 다문다. 하지만 사진 이야기만 나오면 침 튀기는 방향까지 보일 정도로 열변을 토한다. 사진사는 인류 최초의 직업이었다며, 자신은 가톨릭 신자가 아님에도 불구하고 성경을 인용해 늘 말한다. 하느님께서 처음 빛을 만드셨다고 했으니, 그건 하느님께서 빛을 이용한 예술인 사진을 찍고 싶으신 거였다고. 그러니까 하느님이 최초의 사진사였다는 논리. 외모만 보면 달마 대사 같다고, 나는 주장하고 있다.

이화성

화성인. 구수한 전라도 사투리를 감칠 맛나게 하는(주로 욕 전문) 광주 출신 꿈카 멤버. 실제 종교는 불교이나 종교의 벽이 없는 이 모임에서 열린 마음으로 함께 기 도도 한 멋진 분. 2주간의 휴가를 낸다는 것이 참 힘든 직장인으로서, 이 프로젝트 에 합류하기 위해, 과감히 아내에게 '출장'을 떠난다고 뻥 쳤다(해외 출장이 제일 만만하긴 하다. 나 역시 해외출장 때문에 설 연휴에 못 내려간다고 엄마에게 말했 으니). 나중에 들은 이야기지만, 그의 거짓말은 온 식구가 모인 처갓집에서 처남을 통해 들통 났고, 그는 손이 발이 되도록 빌었다는 후문이 있다.

직업 사회복지사 나이 차후 캡틴보다 조금 많고 영중 샘보다 조금 적은, 어중간 한 '꿈카의 어르신'이다. 취미 및 좋아하는 것 사진 찍기. 꿈카를 알게 된 것도 역시 사진으로 맺어진 영중 샘과의 인연을 통해서였다. 그러다가 광주에서 열린 〈꿈카-잠비아 전시회〉를 보고 나처럼 무작정 따라 나선 것이다. 커피도 직접 볶 아서 마시는 커피 애호가. 몸속에 예술인의 끼가 철철 넘치는데, 생활인이어야 하 는 현실을 본인 스스로 아쉬워한다. 성격 정의감에 불타는 인물이지만, 간혹 욱하 는 성질도 있다. 아프리카 커피 산업에 대한 이야기만 나오면 유럽 기업의 착취와 그 부당함에 대해 목소리를 높인다. 듣다 보면 마치 우리가 커피 회사 간부가 된 것 같아서, 미안해지기까지 한다. 한없이 따뜻하고 인정 많은 정의의 사나이.

김지영 드보라

직업 과감하게 회사를 막 때려치우고 앞으로 무엇을 하며 살 것인가를 진지하게 고민하고 있다. 전직 연구소 연구원답게 철저, 꼼꼼, 똘똘 그자체. **나이** 서른이 아주 살짝 넘었다고 치자. **좋아하는 것** 논리적인 기록 및 정리. 적성에 딱 맞다! **성격** 곱게 자란 무남독녀 외동딸이나, 손위 사람들에게 깍듯하고 예의 바르며 사리분별을 무척 잘해 어른들이 며느리 삼고 싶어하는 참한 규수. 그러나 후배들에게는 엄격하고 단호하다. 미소 천사. 보조개가 들어가서도 그렇지만 웃는 모습이 참 예뻐 어떤 사진이나 사진이 잘 받는 팀의 똘똘이. 절대 모기에 물리지 않는 복받은 체질. 덕분에 같은 모기장에서 잔 나만 모기 밥이 되었다.

이호진

직업 지영이처럼 막 회사를 때려치우고 다음 커리어를 준비하고 있다. 전직이 영상과 관계있어서 이번 프로젝트에서 영상을 맡았다. **나이** 지영보다 한 살 어림. 그러나 삼십 대. **성격** 성실하고 신뢰를 주는 스타일. 조용하고 말을 많이 하지는 않으나, 좋고 싫음이 분명하고 강인한 성격. 평소에는 과묵하나, 경청하고 있다가 자신의 생각을 차분하게 말하는 진정 무서운(?) 인물. 피부가 하얘서 아프리카의 햇빛도 그를 태우지 못하고 빨갛게 익힐 뿐이다. 프로젝트에서 대단한 반전을 일으키는 인물.

유수란

직업 대학원에 재학중인 늦깎이 학생이자 사진관을 운영하는 사장님. **나이** 딱! 서른. **좋아하는 것** 사진, 특히 사진 포토샵 전문가다. 사진만 보면 최고의 미인 이고, 다른 사람도 포샵으로 미남미녀로 만들어준다. 화장하기도 좋아하는데, 온 갖 화장품을 써보고 그 후기를 함께 공유하는 착한(?) 심성을 가졌다. **성격** 역시 무남독녀 외동딸. 부천에서 사진관을 운영하고 있어 사업가답게 남다른 돈 관리 능력을 가지고 있다. 이 프로젝트에서 전대를 항상 차고 다니며, 아프리카의 꼬질 꼬질한 돈(왜 그리도 돈이 더러울까)을 관리했다. 카리스마 있는 여자이지만, 의외 로 아기자기하고 예쁜 것을 무척이나 좋아한다. 틀이 없는 정말 자유로운 사람.

이하성

직업 학생. 아닌 것 같이 보이나 학생이 맞다. **나이** 아직은 20대(믿거나 말거나). **좋아하는 것** 사진 찍는 것도 좋아하고 우쿨렐레도 좋아하고. 아마 차풍 신부님 이 좋아하는 것은 다 좋아할 듯. **성격** 착하고 서글서글한 성격 좋은 사나이, 즐겁 고 낙천적임. 팀 안의 모든 사람들과 즐겁게 지내면서도 대장을 열심히 보좌하고 싶어하는 충신(?) 타입. 신앙심이 강하다. 아이들과 특히 잘 지냈는데, 비슷한 정신 연령이라는 의심이 들기도 했다. 부룬디 팀의 포토제닉이라 할 만한데, 예쁘게 찍 혀서가 아니라 재미있게 찍혀서이다. 우리 프로젝트 팀의 활력소.

곽기민

직업 학생. 이제 졸업반이다. **나이** 20대 후반의 나이에 팀의 막내라니.
좋아하는 것 앱 개발 사업에 관심이 많고 꾸준히 학교 동아리 활동을 하고 있다.
여자친구를 만들고 싶다고 노래를 불렀으니, 좋아하는 것은…… 여자? 김태희랑
사귀는 꿈을 꾸고 있으나, 딱히 뾰족한 솔루션은 없다. **성격** 궂은일도 도맡아 하
는(팀의 막내라서 그랬나?) 자발적이고 긍정적인 청년. 취업의 기로에서 진로 선택
에 있어 꿈을 찾아가야 하는 것인가, 현실을 따라야 하는가에 대한 고민을 진지하
게 하고 있다. 애교도 많고 친절해서 팀원들 사이에서 착한 막내로 통하지만 어디
가서는 대장노릇 하는 리더 타입.

그리고 나, 손은정

내가 날 설명하자니 약간 부끄럽지만,
팀원들과의 형평성을 위해 간단히 소개해본다.

직업 회사원
나이 음… 그냥 30대라고만 하자.
좋아하는 것 예전에는 좋아하는 것이 분명하다고 생각했다(디지털과 아날로그의
'냉전과 열정 사이' 같은 극단을 달린다). IT나 최첨단 산업에 관심이 많으나, 실
질적으로는 상당히 아날로그적인 것을 좋아함. 수첩, 메모, 종이책 등을 좋아하고,
보기와 달리 꽃을 좋아한다. **성격** 팀에서는 왕언니였는데. 실질적으로 왕언니 역
할보다는 막내같은 보살핌을 받았다고나 할까? 소심하고, 까탈스럽고, 독하고, 모
질고, 과격하다. 그런데 잘우는건 뭐지?

　이렇게 우리는 팀이 되었다. 출발하기 전까지 얼굴도, 이름도 모
르던 우리가 한 팀이 되었다. 그리고 우리는 점점 이 웃기고, 특이하
고, 개성 강하며, 무엇보다 매력적인 서로에게 조금씩 익숙해졌다.
마치 10년도 넘게 알아온 친구처럼.

꿈카 팀의 방문 지역 1

2011년 1월 28일부터 2월 10일까지 약 13일에 걸쳐 부룬디에서 꿈꾸는 카메라 활동을 했다. 수도인 부줌부라를 중심으로 그웨자, 카노샤, 마람뱌, 돈보스코 학교, 이렇게 4지역의 아이들에게 카메라를 배포하고 회수하는 작업이 진행되었다.

처음 우리가 이 활동을 준비할 때는 B4B Books for Burundi라는 단체와 함께 움직이기로 했다. 꿈꾸는 카메라의 세 번째 나라가 부룬디가 된 이유이기도 했다. 그러나 단체의 성격이 다르고 부룬디에 온 목적이 달랐기 때문에 짧은 기간에 함께 하기는 쉽지 않았다. 무엇보다 이번 B4B 활동은 기독교 사역과 관계 되어 있었고, 활동 범위도 교회를 중심으로 한 것이라 꿈카의 활동과는 맞지 않는 면이 있다는 것을 부룬디에 와서 알게 되었다. 그웨자와 미람뱌에서 함께 활동한 후, 우리는 팀 내부 회의를 가지고 서로의 활동에 충실하기 위해 각자의 길을 걷는 것이 좋겠다는 판단을 하게 되었다. 다행히 선교사님의 도움으로 가톨릭 게스트하우스인 라파La Par에서 묵을 수 있었다.

그웨자Rweza

꿈카 팀이 첫날 방문한 마을인 그웨자는 부줌부라 시내에서는 약간 떨어진 산기슭에 위치하고 있다. 산간 마을이고 경사가 꽤 있어서 멀리서 보면 산 위에 집들이 옹기종기 모여 있는 것이 보인다. 그웨자는 주로 도시 난민들이 거주하고 있고, 거주민들은 산의 경작지에서 주로 농사를 지으며 살아가고 있는 곳이다.

카노샤Kanoshya

투치족이 모여 살고 있는 마을로 부줌부라 시내에서 차로 20여분 정도의 거리에 있는 마을이다. 오랫동안 투치족의 자치지구였고, 내전과 분쟁 후 현 정권을 잡은 후투족을 피해, 기존의 지배층이었던 후투족이 모여 살고 있다. 그러므로 현 정부에 반대하는 반정부군이 활동하고 있어, 사실 아직도 불안정한 지역이다. 여행자나 방문자들은 극히 조심해야 하는 지역이기도 하다. 전통적으로 만들어진 마을이 아니라서 그런지 쌀농사나 커피 농사 등의 농업을 바탕으로 한 경제 활동이 많아 보이지 않았다. 다른 마을에 비해 인구 밀집도가 높고, 집들이 도로 중심으로 다닥다닥 붙어 있어, 한 번에 많은 사람들이 이주해서 형성된 마을임이 한눈에 느껴졌다.

Burundi

꿈꾸는 카메라 06

그웨자
아이들의 꿈

MPAUMIMANA | 13세 | 그웨자 | 2011년

음파우미마나는 우리 중에서도 차풍 신부님을 찍었다. 별로 나서지도 않았는데,
어떻게 우리의 리더가 이 아이의 눈에 들어왔을까? 그리고 옆의 선교사님도 리더이신
데, 개신교의 리더와 가톨릭의 리더를 동시에 잡아냈다. 핵심이 뭔지 아는 녀석이다.

MPAUMIMANA | 13세 | 그웨자 | 2011년

산골마을 그웨자는 도시에서도 한참을 들어가야 하는 곳이다. 외부 방문자들도
많지 않아서인지 이곳 아이들은 꿈카 팀원들에게도 경계심이 없고 친근했다.
그중에서도 13살 소년 음파우미마나는 사람들을 참 좋아하는 것 같다.
그의 카메라에는 가족과 친구들, 그리고 새로 사귄 사람들의 모습이 한가득이다.
재미있지만 부담스럽지 않은 모습들. 이 소년의 밝고 쾌활한 모습이
카메라의 시선에서도 보여지는 것 같다.

그웨자 아이들의 꿈

MPAUMIMANA | 13세 | 그웨자 | 2011년

개구진 동네 아이들의 모습.
음파우미마나의 동네 친구들인가 보다.
사진을 찍자마자 바로 친구들과 함께
구슬치기를 했을 것 같다.

그웨자 아이들의 꿈

MPAUMIMANA | 13세 | 그웨자 | 2011년
물을 길으러 가는 여동생들을 잠깐 멈춰 세웠다. 기꺼이 포즈를 취해주는 아이들.
그런데 '하나, 둘, 셋'은 외치지 않았나보다. 언제 찍는지 알려줬으면,
두 아이의 웃음도 볼 수 있었을 텐데.

MPAUMIMANA | 13세 | 그웨자 | 2011년

마른 풀을 걷고 있는 모습이다. 음파우미마나는 가족들의 하루 일과도 부지런히
기록했다. 그가 찍은 사진만 봐도 하루 동안 무슨 일이 있었는지, 누구를 만났는지,
어디를 갔는지 알 수 있을 것 같다.

MPAUMIMANA | 13세 | 그웨자 | 2011년

저녁 때 분주하게 집안일을 하고 있는 가족들. 음파우미마나가
사진을 찍고 있지 않았다면, 아마 함께 이 일들을 하고 있겠지.

MPAUMIMANA | 13세 | 그웨자 | 2011년
음파우미마나와 함께 축구하는 친구들. 단체로 축구공을 앞에 놓고 사진을
찍었다. 사진만 보면, 축구대회에 나간 것 마냥 위풍당당하다.
이 아이들도 언젠가 진짜 축구대회에 나가서 함께 기념사진을 찍을 것이다.

MPAUMIMANA | 13세 | 그웨자 | 2011년
학교 친구들이 아프리카 지도를 들고 있다. 문명의 발상지,
인류 문화가 가장 먼저 꽃피었던 이곳을 자랑스럽게 보여준다.

27장밖에 없는 필름에서 2장이나 부룬디의 국기를 찍었다. 이 아이의 마음속에 국기가,

자신의 조국이 어떤 것이기에, 소중한 것들을 찍는 꿈카에 자리를 차지할 수 있었을까?

Burundi

꿈꾸는 카메라 07

달려라
아베

아프리카 아이들의 체력은 놀라우리만큼 뛰어나다. 잘 먹지도 못하는 아이들이라 체력이 좋지 않은 것처럼 말랐는데 우리 차가 지나갈 때면 어느 마을이나 건강하고, 역동적으로 마구 뛰어온다. 그들이 무언가를 바란다거나 무엇인가를 구걸하기 위해서가 아니다. 외부인들이 방문하는 경우가 드물어서인지 아이들은 절대 구걸을 하지 않는다. 이곳 아이들은 그저 너무 반갑고 좋아서, 그리고 마냥 신기해서 달려드는 것이다. 정말 저렇게 뛰다가 차에 부딪힐까 걱정될 정도로 무섭게 돌진하는 아이들도 있었다.

사진기를 무작정 나눠주고 사진을 찍으라는 것이 꿈카가 아니다. 아이들과 먼저 친해져야 사진을 통한 우리들의 소통이 이루어진다. 일회용 사진기를 들고 사진을 찍는, 그 즐거운 놀이를 함께 하면서 아이들이 사진을 찍는 내내 즐거워지게 하려는 것이다. 한 가지 지켜야 할 것은 아이들을 편애해서는 안 된다는 것. 한 아이에게만 관심을 갖지 말고, 가급적 많은 아이들이 함께 하고 누구도 그 안에서 소외되지 않도록 하는 것이 차풍 신부님의 규칙이다. 그래서 아이들과 골고루 악수를 해주느라 팀원 모두 손에 쥐가 날 지경이었다. 왠지 모르겠지만, 이곳 아이들은 악수를 좋아한다. 줄을 서서 악수를 하러 기다리다 손을 내민다. 그 고사리 같은 손들을 내밀고 악수를 하면 금세 아이들의 얼굴은 환해진다. 말이 통하지 않아도 손을 잡으면 무언가 통하는 느낌이 온다. 이러한 훌륭한 의사소통 방법을 아이들은 어찌 알았을까? 이 아이들은 본능적으로 소통하는 법을 알고 있는 것 같다.

길게 줄을 서서 악수를 기다리는 아이들에게 '아마호로'라고 부룬디어로 인사를 하다 보면 대스타가 된 기분도 든다. 하지만 역시 내가 스타는 될 수 없는 것이, 한 15명이 지나면 슬슬 지치기 시작한다. 그럼에도 아이들과의 악수는 참 따뜻하다. 그리고 이렇게 따뜻한 느낌을 주는 악수도 참 오랜만이다.

하루에도 몇 십 명도 더 되는 사람과 만나지만 우리가 진정 '소통'하는 것은 몇 번이나 될까? 인사를 할 때도, 이메일을 쓸 때도, 전화를 할 때도 단물 빠진 풍선껌을 질겅질겅 씹듯이 습관적이고 반복적으로 하고 있지 않은가? 말도 통하지 않지만 손에 흙이 잔뜩 묻은 따뜻하고 조그만 손과의 만남은 그저 '감동'이다. 한참을 기다려 내민 손에 내 손이 닿을 때 피어나는 그 하얀 웃음을 보면, 나도 모르게 미소를 짓게 된다. 동화책에서 봤던 금화 한 냥을 받은 것처럼.

아이들은 이상하게 수란이를 좋아했다. 특히 아주 어린 아이들은 수란이에게 딱 붙어서 거의 떨어지질 않았다. 마치 보모인양 아기들을 주렁주렁 달고 있는 수란이가 너무나 웃겼다. 특히 우리들 중에서도 피부가 하얀 수란이가 아이들과 함께 있으니까 더욱 하얗게 보였다. 그녀에게는 포근한 엄마 같은 기운이 있나 보다. 사진관을 경영하는 여장부에 무남독녀 외동딸로 곱게 자란 수란이가 엄마 같은 아우라가 있다니, 역시 아이들은 어른보다 사람을 꿰뚫어보는 눈이 있는 것 같다.

그웨자에서 만난 아베는 정말 통통 잘 뛰어다녔다. '달려라 아베'라는 제목의 만화가 있다면 주인공으로 캐스팅하고 싶을 정도로 뜀

박질을 잘했다. 하성이의 모자를 그렇게도 써보고 싶어하며, 하성이를 따라다녔다. 결국 모자를 씌워주니 아베는 좋아서 예의 그 하얀 웃음을 보여준다. 그렇게도 좋아하는 아베를 보며, 나는 슬며시 하성이를 놀리고 싶은 마음이 생겼다.

"아베는 너를 좋아하는 게 아니라 네 모자가 맘에 든 거야!"

하성이는 절대 아니라고 주장했다. 아베의 눈빛을 보라고, 자신의 모자를 보고 있는 게 아니라 자기를 보고 있는 거라고, 자신을 좋아하는 거라고 근거 없는 자신감을 보였다.

일주일 뒤, 근거 없이 보이던 하성이의 자신감을 나는 인정해야만 했다. 부룬디의 최고 지성이라는 부줌부라 대학의 캠퍼스를 둘러보고 막 돌아갈 때였다. 차가 출발하여 몇 백 미터를 움직이고 있는데, 창밖으로 카메라를 꺼내서 사진을 찍기 시작하던 화성이가 외쳤다.

"야, 어떤 애가 우리 차를 따라와. 차 멈춰봐."

일제히 우리 팀 모두 창밖으로 고개를 내밀자 정말 꼬마 아이 한 명이 열심히 우리 차를 뛰어오는 것이 아닌가?

"아베다!"

그 아이를 가장 먼저 알아본 것도 하성이었다. 진짜 아베였다. 우리 차임을 알아보고 죽을힘을 다해 뛰어온 아이는 아베였다. 그웨자가 아닌 곳에서, 우연히 우리 차를 알아보고 뭐라 소리치지도 못하고 무작정 뛰어 따라온 아이. 가젤 영양처럼 힘차게 폴짝폴짝 튀어오르며, 있는 힘을 다해 쫓아온 아이. 그 아이는 무언가를 얻기 위해서도, 무언가를 바라서도 아니었다. 그저 좋아하는 사람이 있어 무

왼쪽 챙이 넓은 모자를 쓰고 있는 아이가 아베이다.
하성이의 모자를 쓰고 멋지게 한 컷을 찍었다.

달려라 아베

작정 뛰기 시작한 것. 연인이 떠나는 기차를 몇 걸음 쫓아가다가 멈
추는 어른들의 유치한 영화가 아니라, 이 순진한 아이는 조그만 심
장이 터질 듯이 숨을 헐떡이며 차를 따라왔던 것이다. 그저 만남이
기뻐서 폴짝폴짝, 심장이 터지도록 뛰어보는 순간, 그런 순간이 내
게 언제였을까?

어디서나 동생과 함께하는 이곳 아이들의 형제자매애는 특별하다.

부룬디의 문화

오랜 내전으로 부룬디의 문화가 많이 피폐해진 것이 사실이다. 또한 서구 문화가 빠르게 유입되면서 전통문화가 설 자리도 점점 줄어들고 있다. 예를 들어, 결혼식 같은 집안의 행사도 요즘은 관련 공관에 신고를 하고, 교회나 성당에서 식을 올린 후 잔치를 여는 정도다. 우리나라의 결혼 문화도 전통 결혼식과는 상당히 거리가 멀어졌다는 것을 생각해보면, 현대화된 문화라는 것이 이제는 세계 어느 나라에서나 비슷하다는 생각이 든다.

전통 문화의 경우는 식민지 전에 왕정국가였기 때문에 왕권의 미덕을 칭송하는 노래와 무용이 많다. 그중에서도 부룬디 전사의 춤은 상당히 유명한데, 전통북을 두드리며 젊은 남성들이 함께 추는 춤이다. 또한 매년 열리는 우무가누로 축제에서 전통 춤을 즐기는데, '카엔다' 드럼, '이낭가', '딩기디', '이킴베'와 같은 전통악기로 연주하는 축하음악 등을 들을 수 있다. 정부가 전통문화를 지키기 위해 많이 노력하고 있다고 그들 스스로 말하긴 하지만 크게 느껴지지는 않는다. 현재 전통문화를 볼 수 있는 문화센터는 부룬디에 한 곳뿐으로 미술, 공예(바구니공예와 구슬 작품)품 등을 전시하고 있다.

전통명절에는 전통놀이와 축구경기를 하며, 춤추고 술을 마시며, 전통음식을 함께 나누기도 한다. 브룬디 사람들은 축구를 무척 좋아하며, 부룬디 아이들이 찍은 사진 속에 유럽 축구단이나 축구 선수의 사진들이 들어 있는 것을 봐서는 유럽 축구도 많이 알려져 있는 것 같다.

대중문화도 비슷하다. 텔레비전이 많이 보급되지 못해서 미국의 대중문화가 아직까지 많이 침투하지는 않았지만, 기본적으로 포크송이나 춤이 부룬디에서 크게 유행하고 있다. 세계적으로 알려진 부룬디 가수로는 카자 닌Khadja Nin으로 전 세계적으로 유명하여, 아프리카를 대표하는 여가수로 인기를 얻고 있다(실제로 부룬디에서 인기가 있는지는 모른다. 부룬디에서 파리로 이주해 활동했으므로).

Burundi

꿈꾸는 카메라 08

아마호로와
무라코제

아마호로! 아마호로!

가끔 "안녕하세요. 캄사합니다" 이 두 마디밖에 못 하는데도 그 두 마디를 연발하는 외국인을 보며 감탄사를 연발하며 흐뭇해하는 그 심정은 꼭 우리만의 이야기는 아닌 듯하다. 사실 이곳 부룬디에 서도 아마호로 하나면, 그리고 완벽한 의사소통에 대한 기대를 일부 포기하기만 하면 그럭저럭 많은 커뮤니케이션을 할 수 있다.

아마호로! - 안녕하세요!
무라코제! - 감사합니다!

부룬디에서 영어를 쓴다는 것은 묘한 기쁨과 좌절감을 동시에 주 었다. 꽤나 많은 나라로 출장을 다니고 여행했지만 이 정도로 좌절 감을 느끼는 경우가 별로 없었다. 영어는 대부분의 국가에서 통했고 설령 중국, 일본 같은 나라라 할지라도 길거리를 지나다가 그래도 한 명쯤은 영어를 할 줄 사람을 발견할 수 있다. 근데 여기에서 영어 는 무용지물의 언어이다. 세상이 모두 미국 땅인 양 영어만 하면 모 든 것이 해결된다는 한국의 분위기(정통 영어인 영국식 영어조차도 사투리 취급 받는)를 생각한다면, 영어 한마디 안 통하는 이 나라에 서의 커뮤니케이션은 묘한 쾌감과 함께 '영어만 해서 뭐해, 그 나라 에 가면 그 나라 말을 배워야 해'라는 약간의 소심한 위안으로 즐거 워지는 것을 부인할 수 없다. 여기서는 불어가 차라리 영어의 위치 를 차지한다. 많은 사람들이 자신들의 언어인 키룬디어를 기본으로 사용하고, 벨기에 식민지 영향으로 프랑스어를 하기 때문이다. 오히려 불어가 도움이 된다. 영어는 쓸모없다. 불편함보다 즐거움이 앞서서 머리가 산뜻해진다.

우리가 한국에서 영어만 주구장창 공부하는 동안, 아마도 놓친 것들이 많을 것이다. 모든 아이들이 획일적으로 한 가지만 배우고 억지로 공부하는 동안 영어 자체에 대한 흥미도 잃고 세상에 대한 흥미도 잃어버릴지도 모른다. 어린 왕자 스타일의 말로 하지면, 바람이랑 이야기하는 법, 별들의 수다를 듣는 법, 고양이의 울음을 해석하는 법, 꽃들이 전해주는 전설을 암기하는 법, 강물 속에 녹아 있는 요정들의 잔소리를 듣는 법 같은 것들. 물론 이제 다 큰 어른이 된 나는 하나도 기억이 나지 않는다. 하지만 가끔 네 살짜리 조카랑 이야기하다 보면, 이 아이는 다른 행성 출신인 것 같다. 우리 세계에 온 아이는 모든 것이 궁금하다. 어른들이 당연하게 생각하는 것들이 말이다. 어떻게 저런 질문을 할 수 있을까 싶은. 예를 들면, 이런 것. "복숭아는 왜 엉덩이만 있어?"

아이들은 어제와 오늘과 내일에 대한 시간개념이 정확하지 않다. 오늘 과자를 먹었으니까 내일 먹자고 하면 잠시 뒤 달려와서 내일 안 되었냐고 과자를 내놓으라고 한다. 그래서 아이들은 행복한 것이 아닐까? 과거에 대한 후회와 현재에 대한 조바심과 미래에 대한 불안이 없으니. 어쩌면 행복이란 그렇게 단순한 것인지도 모른다.

'아마호로'를 우리 중 가장 잘 써먹은 사람은 화성 오라버니이다. 사람들에게 '아마호레'를 외치는데 도대체 아마호로가 왜 아마호레가 되었는지는 모를 일이다. 더 재미있는 것은 그 엉터리 인사에 대부분의 부룬디 사람들은 친절하게 아마호로 하며 인사를 하거나 손을 흔들어준다는 것이다. 혹은 팔짱을 끼는 듯한 자세를 취하기도 하는데, 나중에서야 그것이 존경의 표현이라는 것을 알게 되었다.

우리가 인사만으로 얻게 되는 것이 얼마나 많은가? 아마호로와 무라코제 말고는 그 다음 말을 이을 수 없는 사람들에게서의 한마디는 100퍼센트 그 자체이다. 다른 말을 하기 위해 시작하는 말이 아니다.

'안녕하세요'라는 말을 정말 '안녕하냐고' 혹은 정말 그 사람 자체의 안녕과 평화에 관심이 있어서 하는 경우가 우리는 얼마나 될까? 이 말은 어떤 말을 시작하기 위한 첫 마디로 시작하기 때문에 대부분의 사람들은 그 뒤의 답변에 신경을 쓴다. '안녕하세요'라는 말이 떨어지기 무섭게 자신의 이야기를 쏟아내고, 아니면 저 사람이 진정하고 싶은 말이 무엇인가에 귀를 쫑긋한다. 그러고 보면 우리가 온전히 '안녕하세요'라는 말 자체에 온전히 그 의미를 전달하고 전달받은 적은 언제였던가? 단지 이 말만 할 수 있을 때 '안녕하세요' 라는 말은 의미가 달라진다.

내가 할 수 있는 의사 표현의 전부이기에 그 말에는 정말 많은 의미가 들어있다. 진짜 당신의 '안녕'한지 '평안'한지와 '나는 당신이 정말 궁금합니다'라는 인간 자체에 대한 본연의 관심이 함께 묻어난다. 나와 상대방 둘 다 알기 때문이다. 더 이상은 말을 이어갈 수 없다는 것을.

어쩌면 그래서 외국어를 배울 때 '안녕하세요'라는 말과 함께 배우는 다른 한 마디는 '감사합니다'인지도 모른다. 그 사람의 진정한 안녕을 빌고 난 후에 눈으로 느끼는 대화는 서로의 존재에 대해 '감사'하는 마음이 우러나오기 때문이다. 감사합니다. 당신이 있어 주어서. 그리고 오늘 내 안에 들어와 주어서.

우리는 살아가면서 많은 단어를 알고, 많은 표현을 익히며, 세련된 화술을 배웠지만, 점점 온전한 대화를 잃어버렸다. '안녕하세요'와 '감사합니다'라는 말을 본질적인 의미를 제대로 전달할 수만 있어도 100배쯤 더 행복해질 수 있을 텐데……

 꿈카팀이 온다는 소식을 들은 아이들이 모여서 기다리고 있다. 이 지역에서 보기
힘든 다른 피부의 다른 사람들의 방문에 신이 났나 보다. 예쁜 옷을 입고, 동생을
챙기면서 저 아래에서 올라오는 꿈카 팀원들을 호기심 어리게 바라보고 있다.

부룬디의 언어

이곳에서는 대부분의 사람들이 룬디어(키룬디어)를 사용한다. 내전이 끝난 후 마련한 부룬디 헌법에서 "국민어는 룬디어다. 공용어는 키룬디어와 국회에서 지정한 모든 다른 언어이다. 법률의 텍스트는 룬디어 원본을 가져야 한다"고 명시하고 있다. 그러나 이는 역설적으로 고유어인 룬디어가 공식적 상황에서는 우월한 지위를 가지고 못하는 현 상황을 반증한다. '국회에서 지정한 언어'는 프랑스어를 지칭하는 것이다. 벨기에의 식민지 경험으로 프랑스어도 널리 쓰이고 있으며, 법적으로 명시한 공용어는 아니지만 사실상 공용어 노릇을 하고 있다. 브룬디는 국제프랑스어사용국기구(프랑코포니)의 정회원국이기도 하다. 그러나 미국은 르완다의 사례를 본받아 전략적으로 부룬디와 콩고민주공화국을 영어사용국으로 만들기 위해 총력을 기울이고 있다.

❖ 여기서 잠깐, 간단한 부룬디어를 배워보자.

아마호로(Amahoro): 안녕하세요?
와라무체(Mwaramutse): 좋은 아침이에요.
무라코메예?(Murakomeye?): 잘 지내요?
다코메예(Ndakomeye): 잘 지내요.
나가사가(Nagasaga): 안녕히 가세요. 안녕.
다구쿤다(Ndagukunda): 사랑해요.
무라코제(Murakoze): 고맙습니다.
바바리라(Mbabarira): 죄송합니다. 실례합니다.
에고(Ego): 네.
오야(Oya): 아니오.
네자(Neza): 좋아요.

VYZIGIRO JOSAN | 9세 | 카노샤 | 2011년

Burundi

꿈꾸는 카메라 09

카페
아로마

아로마에서 휴식을 취하고 있는 우리들.

가게를 운영하다 망해 본 사람은 남의 가게를 보는 눈이 다르다고 나 할까? 나는 1년 반 정도 운영하던 카페 'Asian Garden For my daddy'를 접고 실패를 경험해봤다. 그래서인지 커피를 마시거나, 우연히 새로운 카페나 커피숍을 보게 될 때도 남 일 같지 않아서 주의 깊게 하나하나 뜯어보게 된다.

부줌부라 시내 한복판에서 '카페 아로마Café Aroma'를 봤을 땐 사실 충격이었다. 아프리카에 와이파이가 가능한 카페가 있다니.

아직까지 아프리카가 가난한 나라인 것은 사실이다. 정치적·경제적으로 해결해야 할 문제도 많다. 하지만 다른 한쪽의 아프리카는 빠르게 자본주의 방식으로 성장하고 있다. 압력 차이가 커질수록 바람은 세게 분다. 온도 차이가 심할수록 에너지의 흐름도 크다. 아프리카의 한쪽에서 일어나는 내전, 가난, 기아, 질병, 테러의 그늘이 큰 것도 사실이고, 동시에 엄청나게 발전할 한축으로 성장하고 있는 아프리카도 분명 존재한다. 국제통신연맹ITU에 따르면 아프리카 휴대폰 시장이 세계에서 가장 빠르게 증가하고 있다. 다른 나라에서 유선 전화를 깔 때 아프리카는 인프라를 전혀 깔지 못하고 있다가 이제는 아예 유선전화 단계를 생략하고 바로 무선의 시대로 넘어가고 있는 것이다. 휴대폰 사용량도 세계 평균의 2배가 넘어 연평균 65퍼센트씩 성장하고 있다. 더욱 놀라운 것은 그 가난하다는 부룬디에서도 많은 사람들이 휴대폰을 소지하고 있고, 후줄근한 간판의 상점에도 통신사 광고 및 휴대폰 광고가 곳곳에 붙어 있는 것을

카페 아로마

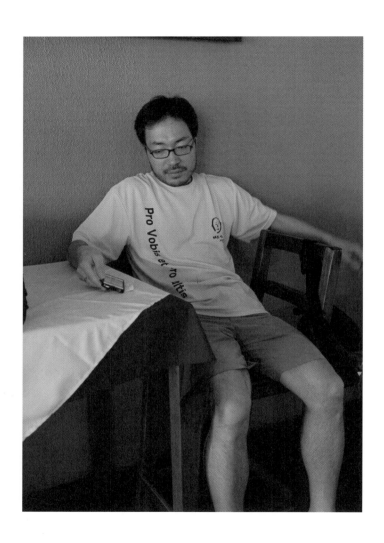

가끔 아로마의 와이파이 상태가 안 좋을 때도 있다. 망연자실해 있는 차풍 신부님.

보면 상당히 어색하기도 하고 의아하기까지 하다. 이렇게 아무것도 없어 보이는 나라에 사람들이 휴대폰을 가지고 있다. 내가 생각했던 것보다 못사는 나라가 아니었나? 이렇게 생각될 정도로 많은 사람들이 핸드폰을 가지고 있다.

하지만 가만히 생각해보면, 우리 순서대로 봐서 그렇다. 손편지를 쓰다가, 공중전화와 유선 전화가 생기고, 한동안은 삐삐나 PCS가 대유행을 하다가 휴대폰이 등장했다. 과거에는 선망의 대상이 되었다가 이제는 너도 나도 가지는 게 휴대폰이다. 이런 스토리가 당연하다고 생각하는 우리에게 그 모든 것을 건너뛰고 바로 휴대폰을 사용하는 아프리카의 모습을 보니 당황스러울 수밖에. 우리의 눈으로 우리의 속도로 아프리카를 봐서는 안 된다. 아프리카는 아프리카다. 그들의 방식과 그들의 속력으로 움직여 나갈 것이다. 그렇게 되어야 한다.

아프리카의 IT는 치타처럼 엄청난 속력으로 발전하고 있다. 아무것도 없는 사파리를 질주하듯 그렇게 아프리카는 역동적으로 성장하고 있다. 부룬디도 '아프리카의 심장'답게 심장박동이 느껴질 정도로 빠르게 발전이 이루어지고 있다. 인터넷 성장 속도도 빠른데, 이 역시 다른 아프리카 국가들처럼 인프라가 잘 갖춰지지 못해 바로 무선으로 넘어가면서 무선 인터넷이 급속도로 증가하고 있다. 부줌부라 시내에도 와이파이 서비스가 되는 카페가 꽤 있다. 주로 외국인과 부유층을 고객으로 하지만 말이다.

그중 하나가 아로마!

카
페
아
로
마

사실 아프리카에 와서 우리가 인터넷에 접속할 수 있으리라고는 생각하지 못했다. 실제로 전력 사정이 좋지 못해 충전할 수 없을 것이라는 이유로 대부분 노트북도 가져가지 않았던 것이다. 맞는 말이기도 하고, 사실과 다른 말이기도 하다. 사실 부룬디의 대부분의 지역은 전력 공급이 부족하다. 도시가 아닌 지역은 집이나 학교나 형광등을 찾아볼 수 없다. 있어도 전기는 귀하고 대부분 랜턴 등을 쓴다. 우리 역시 첫 번째 숙소에서는 10시에 소등이라 밤에는 랜턴을 켜고 다녔다. 대부분의 집들은 전기가 들어오지 않는다. 우리가 방문한 마을의 집들도 형광등을 찾아볼 수 없다. 비가 와서 해를 가리면 한낮에도 방안은 컴컴했다.

그러나 아로마는 달랐다. 우리가 일상적으로 카페에서 먹을 수 있는 모든 음료와 머핀, 심지어 젤라또 아이스크림까지 있었다. 부줌부라 우체국을 중심으로 한 시내에는 호텔, 카페, 바Bar와 고급 레스토랑들이 있고, 인터넷과 전기를 비교적 편히 사용할 수 있다. 어느 곳이나 극과 극의 모습은 있고, 극히 일부에 불과하지만, 분명 이러한 '발전'이 일어나고 있는 것도 사실이다. 아로마는 우리 숙소와 가까웠기 때문에 활동할 때마다 우리는 거의 매일 아로마에 출근 도장을 찍었다.

부룬디가 커피 생산국이라는 말이 무색하게, 우리는 어디에서도 커피를 만나기 어려웠다. 우리의 통역이자 운전사이기도 했던 레오의 말에 따르면, 부룬디 사람들도 커피를 매우 좋아하지만, 너무 비

아로마의 직원들과 함께 마치 사장이로 되는 듯 찰칵.

싸기 때문에 마실 수 없다고 한다. 커피가 전체 수출품의 90퍼센트를 차지하는 나라에 와서 커피를 흔히 먹을 수 없다는 이 사실은 자본주의 경제 체제의 아이러니인지도 모른다.

우리는 주로 아로마에서 시원한 것들을 마시거나, 부룬디 커피를 음미했다. 부룬디 커피는 정말 매력적인 맛이다. 커피의 맛은 워낙 다양하고 나 역시 커피 맛을 제대로 구분하는 전문가는 아니지만, 부룬디 커피는 최고의 품질답게 커피를 잘 모르는 사람이 마셔도 감탄사가 나온다. 부룬디 커피에 대한 나의 느낌은 '부룬디 사람' 같다는 것이었다. 너무 무겁지 않고 결코 가볍다거나 빈 듯한 느낌이 아니다. 세상에서 가장 가난한 나라 중 하나지만 구걸하는 이를 찾아볼 수 없고, 자존심이 강하나 어딜 가든 '아마호로' 하며 친근하게 웃어주는 친근감의 자존심의 묘한 경계가 커피에서 느껴진다면 감정이입이 너무 많이 된 것일까? 그리고 부룬디 어디에서나 느껴지는 노란색 느낌처럼 커피의 약간 신맛의 상큼함은 역시 내게 노란색을 연상시킨다. 최고급 품질의 커피이지만 우리나라에 거의 알려져 있지 않다는 것 역시 그 느낌이라고나 할까? 아프리카의 심장이라 불리는 나라. 아프리카의 가장 중심에서 숱한 굴곡을 겪으며 이제 진정한 아프리카 전사처럼 용맹스럽게 뛰려는 상처 받은 전사의 북소리 같은 커피의 뒷맛.

부룬디의 커피는 1930년대쯤 벨기에에 의해 소개되었다. 아프리카의 많은 나라들처럼 유럽 귀족들의 커피 수요를 채우기 위한 식민지 지배의 한 흔적이기도 하다. 생산량의 95퍼센트 이상이 아라비카 종

27컷, 꿈을 담는 카메라

이고 일부는 로부스타 종을 재배하기도 한다. 커피 체리를 수조에서 발효시켜 과육을 제거하는 가공 방식인 습식 가공 방식Washed을 사용하는데, 자연 건조 방식보다 공정에서 불순물이 제거되고 모양이 좋아서 일반적으로 습식 건조 방식으로 제배된 커피가 더 높은 평가를 받는다. 부룬디 커피의 품종은 케냐의 SL28 인데 케냐 커피는 현재 아프리카 커피 중 가장 비싼 가격에 거래 될 정도로 인기가 높고, 특히 이 품종은 세계에서 가장 비싼 품종 중 하나라고 한다. 주로 개인이 수확하고 관리하는 농장이 많은데 겨우 가족들이 모두 매달려 재배하는 것이 50~250그루 정도로 정말 영세한 농업 형태이다. 그러니 한마디로 이태리 장인의 명품처럼 부룬디 커피는 훌륭한 원두에, 커피를 재배하기에 알맞은 조건인 아프리카 산간기후에서 부룬디 농민들의 땀방울로 맺어진 결실인 것이다. 이렇게 재배된 커피는 탄자니아로 이동되어 배로 벨기에, 스위스, 독일, 네덜란드, 호주, 일본, 미국 등으로 수출된다.

우리 멤버들도 커피 조합인 오치부에 들렀을 때 로스티드 커피를 사왔다. 개인에게 몇 봉지 정도는 팔지만 생두를 판매하지는 않는다. 화성 오빠는 커피 로스팅을 배우고 있는데, 부룬디에서 돌아오자마자 자신의 스승이자 단골 커피가게 주인인 배인황 바리스타에게 달려가서 부룬디 커피를 자랑했다. 커핑 시간을 가질 때 함께했던 큐브레이더 이재광 씨는 부룬디 커피를 다음과 같이 설명했다.
"다양성을 띄고 한쪽의 치우침 없이 균형 잡힌 맛을 보여줍니다.

여러 가지 과일의 느낌과 깔끔함, 흑설탕의 끈적끈적한 단맛과 아몬드의 고소함을 가지고 있고, 바디가 풍부하여 케냐나 탄자니아의 커피와 흡사한 느낌을 주기도 합니다. 밸런스가 매우 훌륭하고 여러 가지의 개성이 나타나는 스페셜티 커피 입니다."

이렇게 커피의 품질이 좋기 때문에 부룬디는 1998년부터는 음고마 마일드Ngoma Mild라는 브랜드로 스페셜티 커피를 시작하게 된다. 음고마라는 이름은 그들의 전통 북에서 유래하는데, 부룬디 왕의 권력을 대표하는 유명한 북 치는 사람들을 가리킨다. 전쟁에 나가기 전이나 전쟁에서 이긴 후 전사들은 북춤을 출 정도로 그들에게 '북'은 큰 의미를 지닌다. 그들의 용맹스러움과 기쁨, 행복이 이 북춤에 담겨 있다. 그들 스스로도 그 북소리에는 심오한 기쁨과 행복 그리고 생명력이 담겨 있다고 믿는다. 그러한 그들의 상징이 그들의 스페셜티 커피의 브랜드라니 가득 기대가 되지 않을 수 없다.

이제 그들에게 커피는 검은 씨앗이다. 자신들과 닮은 가능성이 무한한 향기 있고 매력 있는. 그 씨앗으로 그 모든 설움을 이겨낼 북소리를 다시 울려 퍼트릴, 귀한 그들의 미래가 담긴 씨앗이다.

부룬디 출신 한국인, 김창원

아마도 마라톤에 관심이 있는 사람이라면, '김창원'이라는 이름을 들어본 적이 있을지도 모른다. 김창원 씨는 버진고 도나티엔Buzingo Donatien이라는 부룬디 이름을 갖고 있지만 지금은 '김창원'이라는 이름의 어엿한 한국인이다. 부룬디 대학에 재학 중이던 2003년 대구 유니버시아드 대회 하프 마라톤 참석차 한국에 온 이후, 그때부터 한국에 살았고 2010년에는 귀화시험까지 합격했다. 그리고 서울 국제마라톤 3연패, 동아 마라톤까지 우승한 뛰어난 마라토너이기도 하다.

작년 부룬디 행을 망설이고 있을 때, 부룬디에서 망명한 김창원 씨가 한국인으로 귀화하게 된 기쁨을 담은 한 인터뷰를 보게 되었다. 꿈꾸는 카메라의 부룬디 프로젝트를 마치고 돌아와서, 글을 쓰면서 느낀 것은 정말 부룬디에 대한 정보가 부족하다는 것이었다. 기사를 떠올리고, 수소문 끝에 김창원 씨에게 전화를 하게 되었다.

그는 지금 창원에 살고 있는데, 자신이 귀화하기까지 8년의 난민 생활 동안 지금의 회사에서 자리를 잡을 수 있었고, 창원에서 새로운 삶에 대해 감사해서 이름도 창원으로 지었다고 한다. 한국말을 무척이나 잘하고(귀화까지 한 한국인인데, 당연하다), 그는 창원의 '현대위아'라는 회사에 근무하고 있었다. 회사 일만 하는 것이 아니라, 마라톤 연습도 매일 하고, 경남대에 편입해서 학교도 다니고 있었다. 매일 마라톤 연습을 해서 올해 초 동아 마라톤까지 우승하고, 회사에 다니면서, 대학교까지 다닌다는 것. 한국에 오니 부룬디와 무엇이 다른지 묻자 그는 이렇게 대답했다.
"뭐 크게 다를 것 없어요. 사는 것은 비슷해요."
우문현답이다. 사람 사는 건, 어디나 비슷하다.

NSHIMIRIMA NOELLA | 13세 | 카노샤 | 2011년

Burundi

꿈꾸는 카메라   10

커피 조합
재클린

부룬디의 선교사님이 소개해준 오치부_{Ochbu}에서, 커피를 구입할 수 있다는 말에 커피 공장 투어도 할 겸 우리는 커피 조합인 오치부를 방문하기로 했다. 다행히 숙소에서 가까웠다. 나는 거기서 재클린을 만났다.

단체 관광객처럼 우리는 오치부 안의 창고를 돌아다니며 여기저기 두리번거리기 시작했다. 뭐 커피 공장이 이래. 뭐 기계 설비나 커피 포대가 쌓여 있는 뭔가 번잡한 모습을 보기를 기대했던 우리는 약간의 실망과 또 다른 기대로 가이드를 기다리고 있었다. 나중에 알고 보니 부룬디가 우기여서, 커피 공장은 잠깐 닫아놓은 상태였다. 어쨌건 매니저의 허락을 받아야만 구경이 가능하다고 해서 레오

가 통역을 해주며 매니저를 찾으러 가는 동안, 뭔가 공장처럼 보이는 곳이 있어 살짝 먼저 구경을 하러 들어갔다.

커피 포대들이 가득 책상에 펼쳐져 있고 그 포대 포대마다 숫자와 글자가 쓰여 있었다. 이게 파는 커피인가 해서 두리번거리며 사진을 찍고 있는데, 한 아줌마가 나타나서 손을 흔들며 사진을 찍지 말라는 손짓을 했다.

흠짓 놀라서 사진기를 내려놓으며 미안하다고 말하자 금세 아줌마의 표정이 밝아졌다. 아줌마는 약사 같이 하얀 가운을 입고 있었지만, 커피 공장에 의사가 있을 리 없지 않은가? 대략 생각해봐도

 오치부에서는 생두를 판매하지 않아서 로스팅이 된 원두 몇 봉지만 사올 수 있었다.
다만, 원두를 담는 봉투가 프랑스에서 도착하려면 2주가 걸린다고 하며 비닐봉지에 담아주었다.
그러나 이제까지 맡아본 커피 향 중에 최고였다.

아줌마는 이곳에서 커피를 분류하고, 구분하고 뭐 그런 일을 하시
는 듯했다. 아줌마는 특히 나에게 너무나 반갑게 인사를 하며 뭐라
말씀하시는데, 도통 알아들을 수가 없다. 내가 뭘 잘못한 것 같지는
않고…….

마냥 웃고 있는 이 아줌마. 나이도 가늠이 되지 않고(한 40대쯤
되었으려나? 부룬디 아주머니들은 대부분 머리칼이 아주 짧아서 머
리색이나 탈색 정도로도 나이 가늠이 어렵다) 말 한마디 알아들을
수 없는데, 연신 웃으면서 자꾸 말을 걸었다. 난감하다. 레오라도 있
으면 통역이라도 해줬을 텐데, 레오는 매니저를 찾으러 갔고. 답답
하기만 하다.

몇 분간의 판토마임 같은 시간이 지나고, 그녀 또한 답답했는지
우리를 작은 책상에 데려갔다. 책상 위에는 작은 탁상용 달력이 있
었고, 그 달력 위에는 증명사진 같은 아이들의 사진이 몇 개가 붙어
있었다. 아이의 사진을 보고 우리는

"아, 아이의 사진을 보여주고 싶었구나."

"누나, 우리 카메라를 보고 아이들 사진을 찍어달라고 하는 건 아
닐까?"

"그래, 그럴 수도 있겠네."

'이 아이가 당신의 아이입니까?'라는 식으로 손가락을 번갈아 가
며 아이를 가르쳤다가 그녀를 가르쳤다가 했더니 그녀는 입가에 미
소를 가득 지으며 고개를 끄덕였다. 고개를 끄덕이며 그 옆에 아이
사진을 짚으며 물으니 그녀는 아니라고 고개를 저었다. 아마 이 조

그만 책상은 여러 명이 같이 쓰는 공간인가보다. 자신들의 아이 사진을 하나씩 붙여 놓고 틈날 때마다 보는, 마치 핸드폰마다 자기 아이 사진을 바탕화면처럼 저장해 한국의 부모와 다르지 않은 것이리라. 사진 속의 조그만 아이는 지금은 꽤 나이가 있는 모양이었다. 키가 이만큼 크다고 하는 걸 보니 말이다.

사진이 주는 기쁨이 이런 것이 아닐까 싶다. 사랑하는 사람의 가장 아름다운 모습을, 절대 잊고 싶지 않은 순간을 잡아서 내 곁에 둘 수 있다는 것. 비록 내 지금 모습이, 상황이 어떨지라도 적어도 사진에 눈길을 주는 그 순간은 나는 그 순간만큼은 나 역시 함께 서 있는 기적이 사진의 힘이다.

내게도 그런 사진이 있다. 아빠의 증명사진. 이 아줌마의 아들 사진 같은 크기의 증명사진. 내가 가장 잘 기억하는 아빠의 모습. 많은 아빠의 모습 가운데, 사진으로 남아 있어서인지 가장 잘 기억하는 모습. 지금도 대구 고향집의 내 방 책상 위에 놓여 있는 그 조그만 사진.

아빠가 이력서에 그 사진을 붙이던 컴컴한 방을 기억한다. 그의 어깨에 놓였을 먹고 사는 문제가 얼마나 무거웠을지, 30대 중반이 된 나는 이제서야 약간이나마 짐작할 수 있다. 네 딸과 아내. 실패한 사업. 그리고 쓰는 이력서. 또 쓰고 써야 하는 그 이력서에 붙이기 위해 많이 뽑아둔 그 증명사진. 그리고 그 사진은 아버지의 영정 사진이기도 하다. 그 이후로 근사한 사진 한번 찍지 못한 나의 아빠.

사진이 순간을 간직할 수 있어서 고맙지만, 똑같은 순간을 바라

오치부를
나오기 전에
재클린과
사진 찍기를
부탁했다.

사진 속에 있는
꼬마가
재클린의 아들이다.

보는 시선은 매 각각 달라진다. 보고 싶고 눈물만 나던 시간이 지나, 이제는 그 사진을 보며 자랑스러움과 아련함과 미안함이 느껴지는 것을 보면, 사진은 고정된 순간이 아닌, 그 자체로서 변화와 역사를 가진 생명체 같은 세계가 있다. 이제는 그의 사진을 똑바로 볼 수 있을 것 같다.

나와 그녀는 알 수 없는 교감과 알 수 없는 느낌으로 한참을 손을 잡고 있었고, 나는 그녀와의 이 순간을 사진으로 남기고 싶어 그녀와의 사진을 부탁했다. 그리고 사진을 찾으면 반드시 보내주겠노라고 주소를 남겨 달라고 했다. 주소와 함께 그녀는 그녀의 이름을 써주었다. 재클린.

우기이긴 하지만 부룬디의 아침 햇살이 눈이 부시도록 밝았다.

우리 숙소 라파La Par는 가톨릭 교회에서 운영하는 게스트 하우스여서, 매일 아침 미사가 이뤄진다. 부룬디는 국민의 65퍼센트가 가톨릭 신자이다. 아침 6시 반부터 미사가 있는데, 사람들이 빼곡했다. 아침에 미사를 보고 일터나 학교로 가는 사람들이 많은 것 같았다. 우리는 머무는 동안 아침미사를 올리기로 했는데, 불어 미사인지라 사실 알아들을 수 있는 것은 거의 없었다. 하지만 부룬디에 와서 배운 것 중 하나는 '통하지 않는 말을 통해 맘이 통하는 법'이라고 할까? 오히려 작은 성당 안에서 기도를 올리는, 무릎을 꿇고 두 손을 모은 할머니와 매일 새벽 5시에 구석구석을 돌아다니며 불을 켜는 꼬마 예비 수녀님, 자리가 비좁아 문밖에서 미사를 보고 있는 졸린

듯한 아이. 모두 나와 피부색도 다르고 말도 알아들을 수 없지만 같
은 마음으로 기도를 올린다. 조그마한 성당의 스테인드글라스를 통
해 들어오는 오색영롱한 빛들이 모든 마음의 언어들을 하나로 통역
해주는 듯하다. 그냥 느낄 수 있는 다름의 이해. 나도 모르게 눈물
이 흘러, 미사 내내 창피하게 코를 훌쩍거렸다.

미사를 마치고 식사 하러 가는 길에, 어떤 여자가 나를 붙잡았다.
자기를 몰라보겠냐는 몸짓(하도 몸짓 언어를 쓰다 보니, 이제는 대
강 몸짓으로 하는 말들을 이해하기 시작했다)이었다.

"앗, 그 커피 공장의 재클린!"

와우! 알아보는 나를 보고 그녀도 반가워 서로 아이처럼 폴짝폴
짝 뛰었다.

커피 공장 아니 오치부 커피 조합에서 본 그 아줌마. 나에게 무언
가 자꾸 설명하려고 했던 그 아줌마. 그제야 이해가 간다. 재클린
은 매일 아침 이곳에서 미사를 올리고, 유일하게 피부색이 다른 우
리들을 며칠 동안 이곳에서 본 것이다. 그리고 우리가 오치부에 들
렀을 때, 우리를 알아보고 아는 체를 하고 싶었던 것이다. '너희들을
성당에서 봤어'라고. 그러다가 말이 통하지 않으니 달력을 보여준
것이다. 지금 생각하니 달력엔 가톨릭 성인과 예수상이 그려져 있
다. 그걸 가리키며 성당에서 봤다라고 말하고 싶었던 것을 나와 팀
사람들은 엉뚱하게 거기에 붙어 있는 사진들을 보며 아이 이야기를
했던 것이다. 이런 황당한 커뮤니케이션을 보았나.

재클린과 나는 말이 통했으면 한 번에 했을 이야기를 이틀에 나

누어 그것도 꽤나 긴 다른 이야기들을 하면서 결국은 서로를 알게 되었다. 여전히 우리가 할 수 있는 말들은 제한되어 있으나(재클린은 불어도 잘 하지 못하는 듯했다) 나와 그녀는 마치 오랜 친구처럼 서로를 아주 잘 아는 사이가 되어버렸다. 안녕이라고 말하며 일터로 떠나는 그녀에게 손을 흔들던 나는 갑자기 무언가를 그녀에게 주고 싶었다. 이미 떠나버린 그녀를 기민이가 달려가 붙잡아주는 사이 나는 2층 내 방으로 올라가서 선물로 마련한 귀걸이를 가지고 단박에 내려왔다. 내 작은 습관이다. 출장이든 여행이든 어디든 떠나게 되면, 아주 작은 선물을 하나 준비한다. 누구에게 줄지, 언제 줄지도 모르지만 낯선 곳 어디에 있다 보면, 꼭 너무 고마운 사람, 선물을 주고 싶은 사람이 생긴다. 일본에서 지갑을 잃어 공항으로 가지도 못하고 울고 있을 때 프랑스 아저씨가 돈을 주기도 했고, 프랑스에서 길을 잃어 비행기 시간에 도착하지 못할까봐 발을 동동 구르는 내게 다가와 내 트렁크를 하나 밀며 같이 뛰어준 프랑스 흑인 소녀도 있었다. 낯선 곳에서 오히려 우리는 고마운 사람들을 많이 만난다. 낯선 이에게 오히려 더 관대해질 수도 있고, 아니면 낯선 곳에서는 특별히 더 고맙게 느껴질 수도 있다. 어찌 되었건 마음 벅찬 고마움을 느낀 사람들과 그냥 헤어지는 것이 너무 아쉬워 작은 선물을 준비하는 습관이 생겼다. 누군지 모를 나의 천사를 위해 아주 작은 선물을 하나. 둘도 아니고 단 하나만. 꽤나 오랫동안 하지 않았던 습관. 왠지 모르게 나는 이번 여행에서 갑자기 생각이 났다. 그리고 아마도 검은 피부일 것 같은 나의 천사를 위해 색깔이 화려한

27 컷, 꿈을 담는 카메라

귀걸이를 준비했다. 그 주인은 재클린이 된 것이다.

　팀보다 며칠 일찍 부룬디를 떠나온 나는, 공항에 나머지 꿈카 팀을 마중나갔다. 단 며칠 떨어져 있었지만 얼마나 보고 싶던지, 어떻게 지냈는지 얼마나 궁금하던지. 지영이가 선물꾸러미 하나를 내놓는다.

　"재클린이 언니 떠난 다음날 와서 선물을 주고 갔어요. 뭐예요? 궁금해요."

　포장지로 정성스럽게 싸서 초록색 리본까지 붙였다. 이 정성스러운 선물. 마음은 곱게 뜯고 싶은데 손이 궁금함을 못 이기고 과격하게 포장지를 찢어버렸다.

　손으로 만든 듯한 뚜껑 달린 바구니. 너무 예쁘다. 아프리카에서 바구니는 그나마 얼마 없는 공예품이다. 재클린이 내게 이 바구니를 어떤 마음으로 선물했는지는 모르겠지만, 그 바구니 가득 행복이 담겨 있었음에는 틀림없다. 부룬디에서 행복을 담아온 바구니를 나는 꼬옥 껴안았다.

오치부 매니저 로버트씨와 함께

아프리카의 커피 산업과 공정무역

커피, 초콜릿, 콩, 면화를 생산하는 많은 1차 산업들이 '공정무역'이라는 단어와 연결된다는 것이 슬프다. '공정'이라는 말이 앞에 붙어서 불공정한 상황을 더욱 리얼하게 드러내니 말이다. 현재의 커피 산업은 값싼 로부스타 종의 커피를 저가로 대량 생산하여, 전 세계에 포진되어 있는 수많은 커피 소비자들에게 비싼 값에 판매하는 산업구조가 이미 정착되어 버렸다. 하루에 25억 잔이 소비된다는 커피. 어마어마한 산업임에 틀림없다.

검은 눈물 같다. 검은 화폐일진데, 왜 눈물이어야 하는지. 그래도 커피는 케냐, 에티오피아, 탄자니아, 부룬디의 희망이다. 동아프리카 지역의 커피가 특히 유명하고 이제 커피는 그들의 최고 수입원이 되어버렸다. 부룬디의 경우 80~90%의 수출 금액이 커피에서 나온다. 커피로 그들은, 학교를 가고, 음식을 사고, 또 소나 염소도 산다.

공정무역이란 아프리카의 혹은 제3세계인을 위한 '돕기'가 아니다. 결국 어쩌면 공정무역으로 마시는 커피는 내 몸을 위한, 지구를 위한 상호간의 정당한 거래를 의미한다. 공정무역 커피가 되려면 단순히 커피를 제값으로 농민에게 사온다고 해서 '공정무역 커피'가 되는 것이 아니다. 친환경 농법으로, 유기농으로 만들어지는 커피야 말로 공정무역 커피의 기본 조건이 된다. '열대우림동맹 인증' 커피는 열대우림을 보호하고, 전통적인 커피 재배법을 이용하며 재배자의 임금 구조를 제대로 반영한 거래를 통한 공정거래 무역 커피 인증이다. 엄밀히 말하자면, 흔히들 말하는 공정무역이라는 말 속에서 소비자들이 제3세계의 노동자에게 정당한 대가를 지불하여 누군가를 도울 수 있다는 '감성적' 소비뿐만 아니라, 소비자로서 더 나은 제품을 선택하는 '이성적' 소비가 반드시 포함되어 있다.

부룬디 커피는 '오치부'라는 커피 조합을 통해서만 판매된다. 이 거대 단일 커피 조합은 정부 기관과 맞먹을 만한 힘을 가진 유일한 단체이다. 적어도 이러한 커피 조합이 있다는 것은 다행이지만, 커피 조합이 조합원들의 권익을 위해 얼마나 공정한지는 사실 잘 모르겠다. 어떠한 채널이 유일한 것이 되어버린다면, 그것 또한 권력이 될 수밖에 없는 것이 현실이다. 어쨌든 부룬디 커피는 거의 이 조합을 통해서 품질이 엄격히 가려지고 관리되어 수출된다. 이곳에서도 거의 모든 공정의 커피 재배와 가공은 수작업으로 이루어진다. 특별히 유기농을 의도했다기보다는 기계를 들여오는 것보다 인건비가 훨씬 싸고, 비료 값이 너무 비싸기 때문이다.

전쟁으로 폐허가 되고, 산간 지역에서 재배되어 부룬디 커피는 특히 재배가 어렵다. 또한 과육을 벗겨 씨만 말리는 수세식 건조 방식Washed process이라 손이 많이 간다. 유기농 커피, 땅의 힘으로, 태양의 힘으로 자라는 음식을 먹는다는 기쁨이 있다면, 백화점에서 몇 배의 값을 치르고 먹는 유기농 식품처럼 커피에 대해서도 마찬가지 생각을 해보면 어떨까? 나는 공정무역의 커피를 바라보는 시선이 단지 아프리카의 농민을 도와준다는 입장이 아니었으면 한다. '불쌍해서 사주는' 소비는 그들에게 지속적인 힘을 줄 수 없다. 결국 자본주의 사회에서 '상품'으로서 인정받게 도와주는 것이 더 큰 도움이 되리라 생각한다. 그래야 그들이 자생력 있게 살아가고, 발전시키고, 더 행복해질 수 있는 것이 아닐까? 부룬디 커피의 뛰어난 품질, 맛 그리고 땅의 힘을 받아, 태양의 힘을 받아 오염되지 않은 커피. 그 자체만으로도 부룬디 커피 그리고 아프리카의 많은 커피는 '제값 받아 마땅한 커피'이다.

당신이 마시는 아프리카의 공정무역의 커피는 누군가를 돕기 위한 소비라기보다, 자기 자신의 몸에 이로운 합리적인 소비이다.

NSHIMIRIMANA DAUDINE | 13세 | 돈보스코 | 2011년

Burundi

꿈꾸는 카메라 11

아프리카에서
소녀로 산다는 것

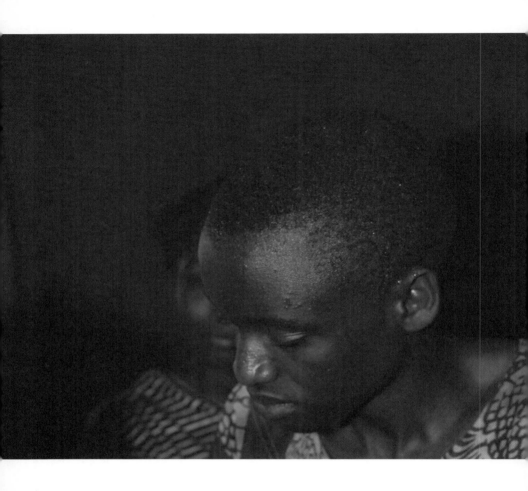

다들 비를 피해 교회로 들어가거나 나무 밑으로 몸을 피하고 있는데
한 소년이 나를 쳐다보고 있었다. 조나단이었다.

에블린. 유난히 눈이 크고 검은 소녀.

마람뱌에 처음 도착했을 때 뛰어나오는 아이들이 너무나 반가웠다. 그러나 반가움도 잠시, 우리는 '아마호로' 다음에 한 단어조차 이어가질 못하고 있었다. 키룬디어를 전혀 모른다는 건 그렇다 치고, 우리는 불어조차 할 수 없었기 때문이다. 이런, 불어 실력조차 '봉주르'에서 벗어나질 못하다니. 영어할 줄 아는 사람이 하나라도 있을까 싶어 나는 "Can you speak English?" 하고 보는 아이들마다 물었지만 돌아오는 것은 수줍은 미소와 모른다는 눈짓뿐.

출발 전부터 하늘이 흐리고 비가 올 것 같기는 했지만, 금방 굵은 빗방울이 뚝뚝 떨어진다. 열대지방의 우기. 부룬디는 2월부터 우기가 시작된다. 하루 종일 비가 오는 것은 아니지만 이렇게 비가 오기 시작하면 땅 위의 모든 것을 다 쓸어가버릴 기세로 맹렬히 내린다. 우비를 입었지만, 이리저리 비 피할 곳을 찾고 있었다. 그때 눈이 마주쳤다. 다들 비를 피해 교회로 들어가거나 나무 밑으로 몸을 피하고 있는데 한 소년이 오히려 우물쭈물하는 나를 가엽다는 듯이 나를 쳐다보고 있었다. 조나단이었다.

영어를 할 수 있는 조나단은 언제나 자신에게 말을 걸어줄까 기다리고 있었던 것이다. 자신에게 "Can you speak English?"를 물어봐주기를 기다렸던 이 소년은 비가 와서 내가 허둥거리며 눈이 마주친 순간에서야, "I can speak English. I can"이라고 말했다. 반가움도 비를 피하고서 볼일이다. 나와 꿈카 팀이 조나단을 데리고 교회 옆 조그만 건물로 뛰어들어 갔다.

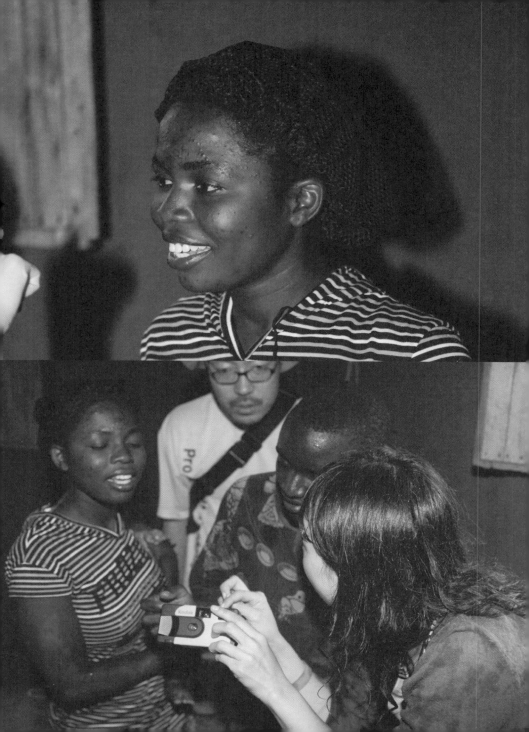

교회에 딸린 별채로 아마 교회 일을 관리해주는 사람의 집인가 보다. 집 안에는 전등이 하나도 없다. 겨우 오후 2시 정도 밖에 되지 않았는데 비가 와서 해가 없으니 어스름한 저녁 같은 느낌이다. 동그란 돔으로 만들어진 흙집 안에는 부엌 하나와 방 하나가 있을 뿐이다. 부엌에는 가제도구라 불릴 수 있는 것들이 있기에 부엌이란 티만 내고 있지만 방 안에는 정말 거의 아무것도 없다.

"My name is Jonathan. What is your name?"

중학교에 다니는 조나단. 그의 옆에 아까부터 따라다니던 아이를 업은 여자가 있었다. 조심스럽게 누구냐고 물었다. 혹시나 이 어린 소년이 아이 아버지이면 어쩌지 하는 마음으로.

아이를 업은 여자는 에블린으로 조나단의 사촌 누나였고, 등에 업은 아이는 다행히도 자신의 아이가 아닌 동생이었다. 그녀는 이 마을에서 유일하게 영어를 할 수 있는 여자였다. 단어를 못 알아들을 때는 살짝 미간을 찌푸리며 부끄럽게 웃긴 했지만, 그녀는 대부분의 영어를 알아듣고 짧게 표현할 수 있었다.

8시에 시작하는 학교에 가기 위해 에블린은 아침 6시에 집을 나선다. 2시간을 꼬박 걸어 학교에 가고 다시 2시간을 꼬박 걸어 집에 돌아온다. 오자마자 지금처럼 동생을 업고 농사일을 도와야 하는 소녀.

그녀의 꿈은 가수가 되는 것이다.

"왜 가수가 되고 싶은데?"

배시시 웃으며 고개를 저었다. 반복해서 물으니까 그제야 겨우 대답해주었다.

"그냥 노래하는 게 즐겁고 좋아서요."

"그럼 우리에게 노래 불러줄래?"

우리 팀 모두가 박수를 치고 기민이가 손 마이크를 만들자 차풍 신부님이 슬며시 녹음기를 내밀었다. 배시시 웃으며 수줍어할 것 같았던 에블린이 조금의 주저함도 없이 노래를 시작한다. 아프리카 토속 음악을, 엄청난 가창력의 흑인 디바의 폭풍 같은 가창력에 놀라는 장면을 내심 기대했다면 너무 영화를 많이 봤던 것이겠지? 밖에서 후두둑 떨어지는 빗방울 소리가 그녀의 노래에 장단을 맞춰주었다.

객관적으로 말해서 그녀의 노래 실력이 휘트니 휴스턴이나 알리시아 키스 같은 엄청난 재능을 가졌다고 보기는 힘들었다(아마 나는 아메리칸 아이돌의 독설가 사이먼 코웰과 나는 꽤나 잘 통할 것 같다). 하지만 다른 어떤 말을 물어도 배시시 웃기만 하고 뒤쪽으로 몸을 숨기던 이 수줍은 소녀가 너무나 당당하게 팝송 느낌의 키룬디어 노래를 불렀다(어쩌면 불어 노래인지도 모른다. 빗소리에 잘 들리지는 않았지만 영어는 확실히 아니었다).

그녀가 부른 노래는 카자 닌Khadja Nin의 〈Sambolero Mayi Son〉. 부룬디에서 유명한 가수라며 이름만 듣고 노래 제목을 제대로 듣지 못해서 나중에 돌아와서 인터넷을 뒤지고 찾아 보니 카자 닌이 나왔다. 부룬디를 대표하는 여가수. 뛰어난 재능으로 7살 때부터 부줌부라의 성가대 리드 보컬을 했고 94년도 앨범이 세계적으로 히트를 치

면서 아프리카를 대표하는 여성 싱어 중 한 명으로 꼽힌다고 한다.

어쩌면 그녀는 단순히 유명한 가수가 되고 싶은지도 모른다. 아프리카를 벗어나 유럽에 살며 세계적으로 유명한 가수가 된 그 '카자 닌'처럼 되고 싶은 것인지도 모르겠다.

하지만 그게 무엇이 중요하랴. 그녀는 하고 싶은 것이 있고, 무엇보다 주저함이 없는 자신감이 있다. 그리고 그것이 즐겁다. 그것을 '꿈'이라 불렀던 것을 기억해내는 것은 그녀의 노래가 다 끝나갈 즈음이었다.

인터뷰를 다 끝내고 나오는 길. 장비를 철수하다가 카메라 뚜껑을 찾으러 다시 들어간 그 집에서는 한 여인이 손으로 밥을 먹고 있었다. 그녀는 아까 불을 피우고 있었던 그 여인이었다. 아이를 등에 업고 쪼그리고 앉아서 밥을 먹는 그녀. 방에서는 다른 사람들이 밥을 먹고 있는데 그녀는 나와서 밖에서 밥을 먹고 있었다. 나를 보자 부끄러운 듯이 고개를 숙이는데 나 역시 그녀를 쳐다볼 수 없었다.

돌아오는 차 안에서 한참을 밖에서 밥을 먹던 여자가 생각이 났다. 뭔지 모를 측은함과 그 눈을 떨어뜨리는 그 모습이 자꾸 어른거렸다. 그리고 에블린의 노랫가락을 떠올리려 애썼다. 그 두 모습이 오버랩 되면서, 어쩐지 에블린의 노래가 구슬프게 느껴졌다. 나는 무의식 중에 아프리카 소녀에게서 아프리카 전통의 구슬픈 노랫가락이 나오기를 나는 기대했던 것이 아닐까? 가냘픈 아시아 소녀가 슬픈 아시아의 노래를 애절하게 부르기를, 그것이 가장 아시아답다고 왜곡된 시선으로 바라보는 서양인의 오리엔탈리즘과 나의 시선이 무엇이 다를까? 그녀는 다르게 살고 싶은 것이다. 그녀의 할머니처럼, 그녀의 어머니처럼, 그녀의 언니처럼, 가장 낮은 곳에 있는, 꿈을 펼치지 못한 그녀들처럼 살고 싶지 않았던 것이 아닐까? 그렇지 않아도 여자들과 아이들이 가장 낮은 몸값을 갖는 아프리카 문화에서 오랜 내전 속에 부룬디의 여성들은 성폭행을 당하고, 과부가 되고, 살아남기 위해 매춘을 하기도 했다. 에이즈에 감염되고, 아이들과 남겨지지만 남편이 죽은 후에는 아내에게는 유산이 가지 않고 모두 남편의 가족에게 가버리는 부룬디의 관습상, 과부로 남겨진 여인은 매춘을 하거나 첩이 될 수밖에 없다고 한다. 일부일처제를 표방하지만 부룬디 역시 실질적으로는 일부다처제이다. 이러한 경제적·사회적 구조 속에서 여자들은 오히려 어떤 남자의 첩으로라도 들어가서 보호 받기를 원한다고 한다. 에블린이 업고 있던 동생도 아버지의 두 번째 부인의 아이라고 했다. 전쟁이 끝나고 어느 정도 평화로운지금도 부룬디의 시골에서는 아직도 무장 군인들에 의한 성폭행 사건이 자주 일어난다고 한다.

아프리카에서 여자로 산다는 것은 무엇일까? 우리로서는 상상도 할 수 없는 인권 유린과 핍박 속에서도 여자로서, 엄마로서 살아가는 그녀들. 그렇지만 하얀 이를 드러내며 웃을 수 있는 그녀들의 힘의 원동력은 무엇일까?

에블린은 변화하는 세대의 아프리카 소녀이다. 내가 어떤 남자와 결혼하고 싶냐고 물었을 때 그녀는 결혼을 하지 않을 거라고 했다. 부끄럽게 웃으며 대답했지만, 확실히 그녀는 신세대다. 어쩌면 그녀

아프리카에서 소녀로 산다는 것

는 결혼으로 인해 상처 받은 많은 아프리카 여성들의 새로운 희망
일 수도 있겠다는 생각이 든다. 공부를 하고, 결혼을 '선택'하는 그
녀. 그녀가 우리에게는 당연히 주어진 권리에 대한 아프리카 여성의
'선택'의 시작점이기를 바란다. 다만 그것이 아프리카 전통의 없애야
한다는 뜻은 아니다. 우리 시각에서 본 옳고 그름에서 '진보'나 '개
선'을 판단한다면 '오리엔탈리즘'과 무엇이 다르겠나 싶다. 가끔은
어느 선까지가 전통으로 인정해야 하고 어디까지가 '진보'로 받아들
여지는 '변화'로 인정해야 하는지 헷갈릴 때가 있다. 그저 한 '인간'
으로서의 선택권이 존중 받을 수 있는 '변화'가 진보가 아닐까 싶
다. 가끔 여성할례가 그들의 토착 종교와 문화가 마구 엮여 있음을
볼 때 그것을 통째로 미개하다 할 수는 없을 것이다. 그러나 개인
의 선택이 완전히 무시된, 한 인간으로서의 권리가 완벽하게 침해되
는 것을 전통이라 할 수는 없다. 앞으로 에블린은 '선택'이라는 것을
할 것이다. 자신이 원하는 삶을 살기 위해. 그런 그녀가 자신의 삶을
'선택'하기를 응원한다. 그녀가 흥얼거렸던 노래가 귓가에 좀 더 생
생하게 들린다.

아프리카에서 소녀로 산다는 것

니엘라.

내 마음속에서 에블린이 맴돌 때, 지영이의 마음에는 어린 니엘라
가 역시 맴돌았다.

니엘라는 12살짜리 소녀이다. 어린 나이지만, 집안일도 도와야 하
고 농사도 지어야 하기 때문에 학교에도 다니지 못하고, 성가대 활

 가운데 줄무늬 티셔츠를 입고 있는 아이가 니엘라이다. 니엘라는 정말 열심히 눈을 반짝거리며
최선을 다해 노래 부르고 박수 치고 웃고 즐겼다.

동도 할 수 없다. 오늘 같이 행사가 있는 날 잠시 구경을 오는 것이
그녀가 할 수 있는 전부이다. 니엘라는 정말 열심히 눈을 반짝거리
며 최선을 다해 노래 부르고 박수 치고 웃고 즐겼다. 오히려 기죽지
않고 너무나 즐거운 니엘라가 지영이는 대견스럽기도 하고 안쓰럽
기도 했다. 카메라를 하나 빼주고 싶었지만 개인적인 행동으로 개인
적으로 주는 선물이 아니기에 지영이는 그냥 니엘라와 노래 부르고
박수를 치며 서로 눈을 맞추며 웃었다. 팀이 철수 할 때, 비를 맞으
며 기다렸다가 떠날 준비를 하는 지영이에게 니엘라가 다가왔다.

"언제 다시 올 거야?"

거듭, 절박하게 묻는 니엘라의 말을 레오가 전달해주었다. 지영이
는 살짝 할 말을 잃은 듯했다. 우리 역시 마찬가지였다. 그 애절한
물음에 그리고 그 어려운 질문에 차마 아무 말도 하지 못하고 서 있
었다.

"니엘라. 노래 잘하던데, 성가대 활동하지? 그럼 선생님께서 이따
카메라를 주실 거야! 그걸로 또 보자"라며 지영이가 환하게 웃었다.
니엘라도 환하게 웃는다.

돌아오는 차 안에서 지영이 떨어지는 비를 보며 중얼거렸다.

"우리 니엘라는 성가대도 아니라 카메라도 받을 수 없었을 텐
데……."

슬픈 독백. 미안한 혼잣말.

아프리카의 소녀들은 대부분 교육을 받지 못한다. 새로운 아프리
카의 소녀로 자라는 에블린이 있는가 하면, 같은 마을에는 여전히

더 많은, 니엘라가 있다. 학교도 갈 수 없고 교회도 다닐 수 없고, 집 안의 노동력으로 농사를 짓거나, 가축을 키우거나 동생들을 돌본 다. 초등학교 입학 연령대의 아이들 중에 25퍼센트만 학교를 가고, 10세 이상의 인구 중 3분의 2는 문맹이다. 이 수치가 남녀로 나누어 진다면 여자아이가 교육을 받을 수 있는 기회는 더 적다. 점점 많은 교육의 혜택이 여자들에게도 주어지고 있으나 아직까지도 여자들에 게 고등교육의 문턱은 너무나 적다. 여자들이 교육을 받아야 하는 이유 중 하나는 자신의 몸을 지키기 위해서이기도 하다. 수많은 소 녀들의 목숨을 빼앗아가는 할례는 종교와 관계없이 아직도 자행되 고 있다.

　탄자니아, 우간다 등 옆 동아프리카 국가들의 산간 및 시골지역 에서는 아직도 여성할례가 빈번히 이루어지고 있다. 부룬디도 예외 는 아닐 것이다. 이러한 할례가 전통과 맞물리면서 쉽게 없어질 것 같지는 않으나 역시 여성 문맹률과 할례의 비율을 보더라도 여자들 이 배워야 할례를 스스로 막을 수 있다는 것을 알 수 있다. 많은 경 우 할례는 여성들에 의해 더 옹호되고 자행된다. 내 어머니가 했고, 내가 했으며, 내 딸도 해야 남편에게 사랑 받는다고 믿어왔기 때문 에, 오히려 여성들이 그 할례를 지키기도 한 것이다. 전통적인 가르 침 속에서만 사는 소녀들 역시 그러한 믿음을 부인할 근거도, 지식 도 없다면 전통인 할례를 따를 수밖에 없지 않은가? 문제는 단순히 이러한 할례가 할례 시술 자체의 위험뿐만 아니라 에이즈까지 확산 시키는 역할을 한다. 위생 상태가 엉망인 곳에서 할례에 사용된 칼

비가 오지도,
햇빛이 강하지도 않은데,
소녀는 분홍색 우산을
활짝 펴고 있다.
핑크중독.
이 세상의 소녀들은
다 비슷하다.

은 보통 150여 명의 소녀들에게 사용된다. 얼마나 끔찍한 일인가?

니엘라는 학교를 다니지 못하고, 성가대에도 들어갈 수 없다. 하지만 누구보다도 밝고 아름다운 미소를 가졌다. 이런 아이가 "언제 다시 올 거야"라고 묻는다면 당신은 무엇이라 대답할 수 있을 것인가?

변화하는 아프리카, 전통을 지키며 살아가는 아프리카. 에블린의 삶도, 니엘라의 삶도 지금 아프리카의 모습니다. 그리고 그 두 아이 모두의 꿈이 존중 받아야 한다. 어느 한 사람의 모습만이 아닌 둘 다 지금 현재 아프리카의 딸들의 모습이니까.

부룬디의 여성 교육

전 세계 청소년 인구의 10%만을 차지하는 아메리카와 유럽은 세계 교육 지출의 55%를 차지하는 한편 15%의 사하라 이남 아프리카 지역의 청소년을 위해서는 단 2%만이 사용되었다. 부룬디의 어린이 2명 중 1명은 교육의 기회조차 없다. 초등학교 7년(6-12세까지)이 의무 교육이라고 법적으로 명시되어 있지만, 실상 학교에 들어가는 아이는 반 밖에 되지 않는다. 초등학교에서는 키룬디어를 사용하고, 중학교 이상부터는 불어로 교육이 진행된다. 대학교는 국립대학인 부룬디 대학이 있고, 사립대학교도 4개 정도 있다. 성적이 우수한 학생들은 유학을 가기도 하는데, 케냐나 인근 아프리카 지역으로 가기도 하지만 식민지의 영향으로 벨기에나 프랑스 등의 불어권 유럽으로 유학을 가기도 한다. 그나마 초등학교 졸업하고 중등학교에 입학하는 비율은 겨우 5퍼센트에 지나지 않는다. 아이들은 학교에 가는 것보다, 물을 긷거나, 동생을 돌보는 '더 중요한 일'을 해야 한다. 여자아이들만으로 보면 이 숫자는 또 달라진다. 시골일수록 더더욱 여자아이들의 입학률이 낮아진다. 우리가 간 마을을 보건데, 간단한 영어를 할 수 있는 남자 아이들은 몇 명씩 만날 수 있었으나, 여자아이는 에블린이 유일했다.

여성 교육이 의미하는 것은 '에이즈'의 문제와도 연결된다. 에이즈 교육 및 보건 교육 등이 학교에서나 가능하기 때문에 학교에 간다는 것은 다시 말해 에이즈 교육과 밀접한 관계를 가지게 된다. 오랜 기간의 내전 속에서 스스로 보호하기 위해 여자아이들은 빨리 결혼을 하거나 쉽게 성적 관계를 맺게 된다고 한다. 자발적이건 비자발적이건 여성들은 에이즈에 쉽게 노출되어 있다. 결국 '엄마'가 될 여자아이들이 교육 받는다는 것이 아프리카 전체의 많은 문제들과 직결된다 할 수 있다. 학교에 우물이 있으면, 여자 아이들이 교육 받을 확률이 높아진다. 물을 길으러 가면서 학교에 들르는 격이지만, 분명한 것은 부룬디의 여자 아이들은 매우 총명하고 지혜로웠다. 사진을 봐도 그렇고, 직접 만난 아이들을 봐도 그렇고, 여자아이들은 상당히 총명하고 적극적이었다. 교육에 남녀가 문제가 아니라, 반짝반짝 빛나는 눈과 지혜를 가진 그들이 아프리카를, 부룬디를 변화시키려면 결국은 교육이 가장 큰 열쇠가 될 것이다.

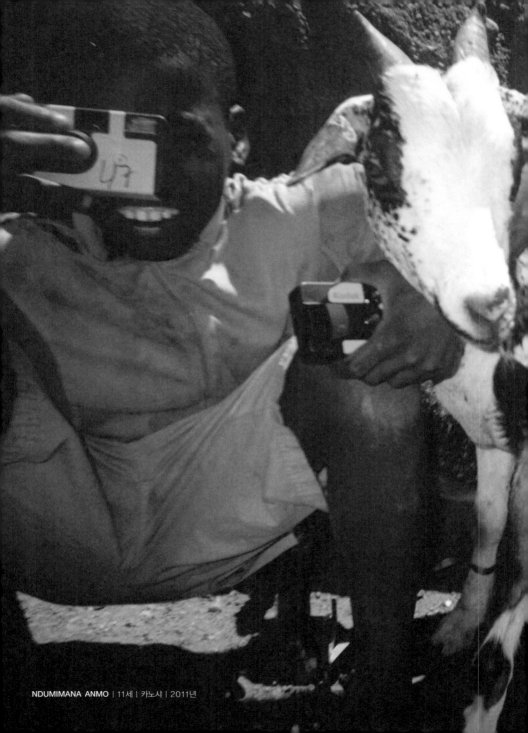

NDUMIMANA ANMO | 11세 | 카노샤 | 2011년

Burundi

꿈꾸는 카메라 12

카노샤
아이들의 꿈

NIYONQEZE EUELYRU | 13세 | 카노샤 | 2011년
카노샤는 내전에서 패한 투치족 사람들이 모여 살고 있는 곳이다.
그렇기 때문에 여전히 치안이 불안한 곳이기도 하다.
하지만 이곳에서도 아이들은 여전히 꿈을 꾸고 있었고,
카메라를 통해 평범한 일상과 자기 자신을 보여주고 있다.
13살짜리 소녀 에우엘류는 사진이 너무 좋다.
꿈꾸는 카메라 덕분에 그녀는 친구도 찍고, 항상 자신의 등에 업혀 있는
막내 동생의 사진도 찍어주었다.
그녀는 매일 하늘을 올려본다. 파란 하늘이 너무 예쁘고 둥둥 떠다니는 구름을
따라 언젠가는 넓은 세상을 구경하고 다니리라.

카노샤 아이들의 꿈

NIYONQEZE EUELYRU | 13세 | 카노샤 | 2011년
테이블 너머에서 카메라를 들이대는 에우엘류를 쳐다보는 동생.
누나가 뭘 하는지 궁금한가보다.

NIYONQEZE EUELYRU | 13세 | 카노샤 | 2011년

교회에서 카메라를 받은 날. 반 친구들이 모두 신이 났다.

NIYONQEZE EUELYRU | 13세 | 카노샤 | 2011년
그녀의 공간. 그녀가 믿는 종교화와 좋아하는 축구팀의 사진,
그리고 미국의 오바마 대통령. 아프리카의 어린 소녀에게까지 미국의 첫 흑인
대통령은 큰 의미가 있는 것 같다. 아프리카인이 느꼈을 감동과 희망을
어린 소녀의 방에서도 느낄 수 있다.

NIYONQEZE EUELYRU | 13세 | 카노샤 | 2011년
그녀가 진짜 찍고 싶어했던 하늘. 파란 하늘에 흰 구름이 날개처럼 펼쳐져 있다.
그녀의 마음도 앞으로의 미래를 향해 그렇게 활짝 펼쳐져 있겠지.

MUNEZERO BERTILLE | 12세 | 카노샤 | 2011년
이제 12살이 된 베흐틸. 그녀의 카메라가 향한 곳은 햇빛, 하늘 그리고
가족과 집이다. 아마도 부룬디에서 그녀가 사랑하는 것들일 테지.
카메라를 통해 바라보는 그녀의 시선이 참 따뜻하다.

카
노
샤
아
이
들
의
꿈

MUNEZERO BERTILLE | 12세 | 카노샤 | 2011년
가족들이 베흐틸을 위해 기꺼이 포즈를 취해주었다.
다들 카메라 플래쉬에 당황했는지, 표정들이 어색하다.

MUNEZERO BERTILLE | 12세 | 카노샤 | 2011년
베흐틸이 돌보는 염소와 소들.

NAAYISHMIYE NRA | 11세 | 카노샤 | 2011년

KAMELA DIELLA | 12세 | 카노샤 | 2011년

Burundi

꿈꾸는 카메라 13

아프리카에서
쓰러지다

마람뱌에서 일정을 마치고, 차에 오르자마자, 나는 열이 나고 오한에 떨기 시작했다. 비를 너무 많이 맞았나 보다. 인터뷰를 따내고 아이들에게 카메라 찍는 법을 가르쳐주느라 우리 팀 모두 비를 흠뻑 맞았던 것이다. 차가 출발하고 팀 모두 너무나 흥분된 순간들에 대해 이야기하느라 정신이 없었다. 체온이 올라가는 것이 느껴졌으나 나는 계속 떨고 있었다. 그 순간, 갑자기 '말라리아에 걸린 거 아니야?'라는 생각이 들며 더럭 겁이 나기 시작했다. 일주일에 한 번씩 먹어야 하는 말라리아 약을 건너뛰고 먹지 않았던 것도, 모기가 지나치게 나만 물어댔던 것도 왠지 찜찜하다. 이러다가 큰일 나는 거 아니야?

2 7 컷.
꿈을 담는 카메라

"신부님, 저 아파요."

수란이와 아이들의 사진을 보며 기쁨에 젖어 있는 신부님에게 칭얼거렸다.

"어, 그래? 너 아까 밥을 너무 많이 먹더니 체한 거 아니야?"

아니, 무슨 '말라리아'를 의심해야 할 이 마당에 체했다니, 그것도 밥을 많이 먹어서.

"아니에요, 저 많이 먹지 않았어요. 그리고 이 증상은 이제까지 한 번도 느껴보지 못했던 증상이라고요. 열이 나는데 너무 추워요."

"응 보자, 열은 나네. 근데 체해도 열이나. 비 맞으면서 급히 먹어서 체한 거야. 내가 워낙 잘 체해봐서 아는데 말이야. 게다가 우리 아버지가 한의사시잖니. 너 체한 거 같아. 말라리아는 아니야. 등 좀 두드려줄게. 확실히 좋아질 거야. 그리고 일단 소화제부터 먹어. 오늦은 저녁 먹지 말고."

전혀 걱정하지 않는 신부님이 완전 야속했다. 아니 사람이 아프다면 걱정을 해야지, 괜찮다고 하면 어쩔 거야. 이러다 정말 말라리아면 어떡하냐고.

신부님은 소화제를 직접 꺼내서 물과 함께 주면서

"아, 너 타이레놀도 가져왔지? 빨리 하나 같이 먹자. 너 선견지명이 있었나 보다. 애들보다 네가 더 유용하게 쓰겠다."

난 말라리아 약을 먹어야 할 것 같은데, 신부님은 자꾸 소화제와 감기약쯤으로 사건을 축소시키고 있었다. 약을 받아 먹으면서도 난 스스로 말라리아 증상을 계속 의심했다. 한의사의 아들이니 자신에게 맡기라며 등을 쿵쿵 두드려도 보고 손을 따야 한다는 둥 바늘을 찾고, 아니 정말 바늘로 금방이라도 찌를 기세였다

"아니에요. 신부님 정말 이상해요. 말라리아인 것 같아요."

숙소에 돌아와서도 열은 좀처럼 내리지 않았다. 입맛이 없긴 했으나 차풍 신부님의 돌팔이 처방 '체했음'으로 인해 나는 저녁식사를 자의 반 타의 반으로 못하게 되었다. 다른 사람들이 밥 먹으러 간 사이 나는 침대에 누워 말라리아가 아닐까 의심하며 기도하기 시작했다. 제발 말라리아가 아니게 해주소서.

모두가 나를 버리고 저녁을 먹으러 갈 때였다.

"언니, 괜찮아요? 뭐 좀 가져다 드릴까요?"

수란이가 걱정이 되었는지, 문을 열고 내게 물어보았다.

"아니, 괜찮아. 따뜻한 물만 좀 부탁할게."

소화제와 타이레놀(내가 가져온 그 타이레놀을 내가 뜯다니…) 한알씩을 먹고 한참을 자고 일어났다. 땀이 흥건히 배어 있었지만 머리가 아프지도 않고 춥지도 않았다. 도무지 몇 시인지 알 수 없었다. 옆에서 지영이가 자고 있었다. 몸이 거짓말처럼 나은 것 같았다. 언제 그랬냐는 듯, 배고픔이 느껴지기 시작했다. 그때부터 배고픔에 잠을 잘 수 없었다. 아까 수란이가 뭐 가져다준다고 할 때 부탁할 걸. 뒤늦은 후회다.

배고픔에 잠 못 들고 있는데, 갑자기 지영이가 일어난다. 그러더니 내 머리에 손을 대보고 자기 머리에도 손을 대 열을 비교하더니, 금세 다시 엎어져서 잔다. 피곤한 듯 픽 쓰러져 다시 잠을 자는 지영이. 갑자기 눈물이 핑 돌았다. 지영이는 내가 배고픔에 잠 못들고 있는지도 모르고 두 번 세 번씩이나 중간 중간에 일어나서 내 상태를 살피며 열이 계속 나는지를 확인하기를 반복했다.

눈물이 왈칵 쏟아질 것 같아 잠시 일어났다. 침대 머리맡의 랜턴 옆에 무언가 놓여 있었다. 밖에 나가려고 등을 켜보니, 따뜻한 물, 바나나 1개, 타이레놀이었다. 수란이가 놔둔 것이었다.

아무도 없는 깊은 밤, 칠흑같이 어두운 밤하늘에 나는 조용히 랜턴을 들고 방 밖으로 나와 별을 봤다. 새벽이 다가오는지, 날이 흐려서인지는 알 수 없지만, 그 고요하고 칠흑처럼 어두운 밤이 무섭지 않았다. 누군가와 함께 있음을, 그리고 이 낯선 곳에서 힘이 되는 이 사람들이 있음에 감동했다.

'빨리 가려면 혼자서 가라, 그러나 멀리 가려면 함께 가라'라는 아

2ㄱ컷, 꿈을 담는 카메라

프리카 속담이 있다. 이들과 함께라면 나는 참 멀리 갈 수 있을 것 같았다. 그리고 그날 먹은 바나나는 세상에서 가장 달고 맛있는 바나나였다. 아프리카의 이글거리는 태양 아래에서 자란 당도 높은 바나나에 또 다른 달콤함이 추가되었기 때문일 것이다.

아프리카에서 쓰러지다

27 컷, 꿈을 담는 카메라

NIYONSABA GRACE | 14세 | 카노샤 | 2011년

아프리카의 에이즈 문제

영국 《파이낸셜 타임스》의 아프리카의 에이즈 문제에 대한 특집 기사는 내게 충격이었다. 아프리카처럼 낙후된 곳에서는 에이즈 치료약을 써도 효과가 없다는 내용이었다. 지난해 한 연구자가 1년째 에이즈 치료를 받고 있는 콩고민주공화국의 에이즈 환자 100명을 조사한 결과 이들 가운데 30명의 몸속에 있는 에이즈 바이러스가 치료약에 대한 면역력이 생겨 더 이상 치료효과가 없었고, 국제 사회가 자금을 모아 가난한 나라의 에이즈 환자들에게 치료약을 보내는 것이 오히려 에이즈 바이러스에게 면역력을 길러주는 부작용을 낳고 있다는 것이다.

유엔 산하 에이즈 전담기구인 UNAIDS의 조사 결과에 따르면 12개월 동안 에이즈 치료를 받고도 여전히 약효가 없는 환자의 비율이 모잠비크 98%, 카메룬 96%, 나이지리아 95%, 짐바브웨 93%, 르완다 91%, 우간다 97%, 보스와나 87%, 에티오피아 70%라고 한다. 부룬디는 수치로 나와 있지는 않지만 바로 옆의 르완다나 우간다와 거의 비슷하리라 생각된다. 사실 기존의 치료약을 받기에도 절대적으로 빈곤한 아프리카에 새로운 약을 보급한다는 것은 꿈에 가까운 이야기가 아닐까? 그리고 좋은 환경에서 충분한 음식 섭취에 맞춤형의 약을 받아야 한다는데, 하루 끼니를 걱정해야 하는 사람들이 대부분이니 치료가 더욱 힘들 수밖에 없다.

에이즈 고아가 가장 많은 나라가 우간다라고 하는데, 내전으로 황폐해진 르완다나 부룬디도 아마 비슷한 수준일 것이다. 선교사님과 신부님께 들은 이야기로는 많은 사람들이 자신이 감염된 줄도 모른다고 한다. 아프리카의 대학 중에는 입학시험에 에이즈 검사까지 하는 곳도 있다고 한다. 선교사님의 교회에 다니는 학생들 중 케냐로 대학을 가는 학생들이 있었는데, 모든 시험에 합격한 학생들이 마지막 에이즈 검사 전날 그렇게 떨었다고 한다. 자신들이 아니란 보장이 없는 것이다. 결국 그중 한 명은 입학할 수 없었다고 한다.

단순히 아프리카의 문제일까? 내성이 높은 전염병이란 것은 결국 지구의 문제일 수밖에 없다. 이 지구에 살고 있는 우리 모두의 문제인 것이다.

그웨자 | 2011년

Burundi

꿈꾸는 카메라 14

친구가
되어줄래요?

처음 인사를 했을 때, 다짜고짜 친구가 되어 달라는 폴리카에게 기민이는
그게 뭐 어려울까 싶어서 바로 대답했다. "응"

기민이가 뒤에 처져서 어떤 사람과 계속 이야기를 하고 있다. 나중에 돈보스코 직원이냐고 물었더니 아니란다. 돈보스코 중학교를 졸업하고, 고등학교에 갔다가 쫓겨났다고 했다. 이름은 폴리카. 18살이다. 공부를 더 하고 싶지만 고등학교 졸업을 1년 남기고 돈이 없어서 더 이상 학교에 다닐 수 없었다는 것이다. 난민촌에 집 한쪽이 무너져 슬레이트로 겨우 한쪽을 지탱하는 집에서 살고 있는 폴리카에게 한국 돈으로 만 원정도 되는 학비는 결코 무시할 수 있는 금액이 아니다.

"친구가 되어줄래?"

처음 인사를 했을 때, 다짜고짜 친구가 되어 달라는 폴리카에게 기민이는 그게 뭐 어려울까 싶어서 바로 대답했다.

"응."

그렇게 둘은 친구가 되었다.

프로젝트를 진행하면서 기민이조차 의식하지 못했던 것은 폴리카가 계속 우리 팀을 따라다니고 있었다는 것이다. 막무가내로 뛰어드는 아이들을 통제해주고, 통역도 해주며 마치 우리 팀의 일원인 것처럼 열심히 일을 도와주고 있었다.

"처음엔 몰랐는데, 저랑 친구가 되었다고 진심으로 저를 도와주고 있었던 거예요."

기민이는 만 원이 없어서 고등학교를 다닐 수 없는 폴리카를 대학에 들어갈 수 있게 돕기로 했다. 그리고 폴리카 같이 돈이 없어서 고등학교를 다닐 수 없는 아이들을 돕고 싶어 하는 사람들과의 모

임을 만들기로 했다. 둘은 정말로 친구가 되었다.

사실 나는 잘 모르겠다. 폴리카의 진심이 무엇이었는지. 정말 친구가 되고 싶었던 것인지, 아니면 학교를 다니고 싶은 간절한 갈망을 풀어줄 구원자를 찾은 것인지. '친구가 되어줄래?'라는 한마디에 친구가 되리라 믿는 것은 적어도 내겐 익숙하지 않은 일이다. 건성으로 '응'이라고 아무 생각 없이 말했다고 하는 기민이에게도 그건 익숙하지 않은 일일 것이다.

폴리카는 기민이에게 애초부터 도움을 청하기 위해 다가왔는지도 모른다. 하지만 누군가에게 '다가간다'는 것이 어색해져 버린 나. 그리고 '다가옴을 받아들이는 것'에 어색한 나. 어쩌면 저 둘에게는 자연스러운 그 '관계'라는 것이 '알 것 다 아는 어른'이 된 내게는 부자연스러운 상황이라 느낀 것은 아닐까? '왜 내게 접근했을까, 저 사람이 내게 무엇을 얻어내기 위해 '관계'를 맺으려는 걸까'라는 생각을 가장 먼저 하게 되는 것이 '어른'인 나, 우리의 반응이다.

기민이는 돌아와서도 폴리카에 대한 이야기를 많이 했다. 아이들의 사진을 인화할 때도 폴리카의 사진이 어디 있는지 궁금해하고, 폴리카의 등록금을 보내기 위해 송금 루트가 되기로 한 부룬디의 램버트 신부님에게 이메일을 보내고 답을 기다리고 있다. 폴리카처럼 학교를 갈 수 없는 아이들을 후원하기 위해 모임도 만들었다. 기민이에게 폴리카는 이제 낯선 아프리카인이 아니다. 그는 폴리카에게 길들여졌고, 이제 폴리카는 그에게 하나밖에 없는 '친구'가 된 것이다. 아프리카에서도, 한국에 돌아와서도 나는 사실 폴리카의 진

MAWAZO AENA | 13세 | 돈보스코 | 2011년

심이 무엇일까 생각했었다. 곰곰이 생각 끝에 내린 결론은 나는 폴리카가 '자신이 도와줄 수 있는 부분에서 최대한 돕고, 내가 부족한 부분에서는 도움을 받고 싶은 마음'을 갖고 있는 게 아닐까 한다. 이것이 서로 친구가 되게 한 것이 아닐까? 단순히 그것이 자신의 목적만을 위해서가 아니라 상대방에게 무엇인가를 해주고 싶었던 마음도 함께 있었기에 '관계'라는 것이 성립되는 것이 아닐까?

돌이켜보면 부룬디에서 구걸하는 사람을 본 적이 없다. 그동안 회사 일 때문에 여러 군데의 개발도상국을 다니면서 기본적인 생계 문제로 구걸하는 사람들을 많이 봤다. 하지만 부줌부라에서는 구걸하는 사람은 거의 본적이 없다. 생계유지가 어려워 보이는 사람들은 봤지만 직접 음식이나 돈을 달라고 구걸하는 사람은 보지 못했던 것이다. 그러고 보니, 부룬디 사람들이 자존심이 무척 세다는 말을 들은 적이 있었다.

폴리카에게는 꿈이 있다. 처음 보는 이에게 친구가 되어 달라면서 그렇게 간절하게 품을 수 있는 '꿈'이 있다는 것. 주저함 없이 말할 수 있는 그리고 어떻게든 이루고 싶은 꿈이 있다는 것. 공부를 계속하겠다는, 대학까지 가고 싶다는 그 절박한 꿈. 무언가를 하겠다는 것은 결국 꿈꾼다는 것이고 이것은 삶에 충만한 에너지를 준다. 그리고 한 사람이 가진 이 작은 에너지의 힘은 결국 세상을 움직이는 근본이 된다. 참 오랫동안 그 느낌, 그 에너지를 잊고 살았다. 돌이켜 생각해보면, 내가 치열했던 순간은 누군가 강요한 꿈이 아닌, 나만의 꿈이 있었던 순간이었다.

나만의 카페 오픈. 싱가폴에서 5년 동안 모은 돈을 다 들고, 5년 동안 아시아 출장을 다니며 모은 아시아 각국의 소품들을 컨테이너에 싣고 단지 가게를 열기 위해 한국으로 돌아왔다. 'Asian Garden for my daddy'라고 이름 붙인 가게를 차리기 위해, 그리고 그것을 준비하면서, 그리고 그 가게를 완성하는 동안 나는 주변에서 뭐라고 하더라도 마냥 행복했다. 사람들이 잘 다니지도 않는 강남 뒷골목에, 그것도 유럽이나 미국풍도 아닌 아시아 문화를 파는 카페라니 잘 되겠냐는 주변의 걱정에도, 나는 확신이 있었고, 즐거웠고, 그리고 행복했다. 가게의 이름을 'Asian Garden for my Daddy'를 등록했을 때, 나는 아무것도 해드릴 수 없었던 나의 사랑하는 아버지에게 첫 월급 선물인 내복 대신 카페를 선물한 기분이었다.

1년 조금 넘게 가게를 꾸려오다가 결국 문을 닫고 난 후, 더 정확히 말하자면 망한 후, 경영학을 공부한 주변 사람들이 '망할 줄 알았다', '말리고 싶었는데 네가 너무 심취해서……' 라며 걱정했던 일들을 뒤늦게 털어놨다. 하지만 당시의 나는 행복했고, 꿈이 있었다. 고되지 않았고, 손님들이 마시는 커피 한 잔에 최선을 다했으며, 어떻게 하면 좀 더 문화적인 행사를 많이 할 수 있을까 골몰하고, 함께 했던 사람들과 회의하며 고민하고, 각종 세금들과 납입 고지서가 날아와도 힘을 낼 수 있었다. '아시안 가든'은 나의 꿈이었다. 거창한 사업으로 성공하겠다는 그런 꿈이라기보다, 내가 '사랑하는 사람들과 사랑하는 사람들을 위한 사랑하는 일을 하는 꿈. 그 자체였던 것이다.

가게를 닫고 나서 나를 힘들게 했던 것은 단지 돈을 잃었다는 것이 아니라 더 이상은 그렇게 무언가 열심히 할 수 없을 것 같은 그런 기분이었다. 그 이후부터는 그냥 꿈꾸는 척 했던 것 같다. 남들이 근사하다고 하는 직장을 꿈꾸고, 남들이 근사하다는 연봉을 꿈꾸고, 남들이 부러워할 만한 여행지나 옷과 가방을 꿈꾸고. 하지만 그런 것을 머리는 '꿈'이라 생각할 수 있어도 '가슴'은 쉽게 인정하지 않는다.

그게 꿈이다. 머리보다 가슴이 먼저 알아버리는 것. 잊고 있었다. 그 느낌. 처음 가게를 열던 그날의 설렘, 두근거림, 그리고 숨이 막힐 듯 가슴 뛰는 그 떨림. 폴리카의 그 꿈처럼 절실하고 절박했던, 나의 그 꿈.

KATO RAUL | 20세 | 돈보스코 | 2011년

VUIZIGIRO JOSAN | 9세 | 돈보스코 | 2011년

부룬디의 음식

숙소인 라파에서는 너무나 훌륭한 식사를 할 수 있지만, 실제로 이곳 사람들은 주로 콩이나 고구마, 바나나로, 데치거나 볶고 삶아서 먹는다. 쌀농사를 짓지만 밥을 자주 먹을 수는 없다. 잔치나 손님이 왔을 때 인야마nyama라고 해서 미트볼처럼 생긴 음식을 먹는데 다진 고깃덩어리에 토마토소스를 함께 먹으면 꽤 나 맛있었다. 가장 자주 먹는 것은 식물의 뿌리를 갈아서 가루로 만들어 밀가루처럼 뜨거운 물에 개어 반죽해 만든 음식이다. 마치 익힌 빵처럼 생겼으나 아무 맛이 안 나는 우무트시마Umutsima라는 음식인데, 소스에 찍어 먹는다. 이수푸Isupu는 콩 스프는 아침식사로 먹는 음식인데, 국처럼 마시기 좋았다. 싱겁고 맑은 국이라 건강에 좋아 보였지만 특별한 맛은 없었다. 내가 특히 좋아한 것은 우부샤자Ubushaza라는 완두콩 요리였는데, 원래 콩을 좋아하기도 하지만 담백한 콩에 적절한 소스가 얹어져 아주 맛있었다. 바나나 요리도 자주 먹는 요리중 하나였지만, 개인적으로는 바나나의 단맛 때문에 입맛에 맞지는 않았다.

밥은 우리나라처럼 반찬과 함께 먹는데, 열대지방이라서인지 우무세리Umuceri라고 부르는 밥에 약간 기름을 섞어 볶아 먹기도 한다. 부룬디에 있으면서 한국 사람인 내가 밥을 먹을 수 있는 것은 정말 다행이었다. 사실 음식 때문에 크게 힘들지는 않았던 것 같다. 물론 그 와중에도 기내에서 챙겨온 볶음 고추장이 그 진가를 발휘하긴 했으나, 부룬디 음식이 기본적으로 밥에 반찬 먹는 느낌이라 한식과도 비슷하다는 생각이 들었다. 디저트는 자연에서 온 과일들이다. 파파야, 바나나, 파인애플, 레몬을 주로 먹는데, 과일들이 태양빛을 많이 머금어서 그런지 빛나는 노란색이다. 바나나와 파인애플은 당도가 타의 추종을 불허한다. 싱가폴에 살 때도 태국이나 말레이시아의 열대지방의 과일들을 많이 먹었으나, 여기서 먹는 과일의 당도와는 비교할 수 없다. 아마 모든 것이 작열하는 태양 에너지를 머금고, 농약 뿌리지 않은 땅에서 자랐기 때문이 아닐까 싶다. 그래서 나는 때로는 디저트를 본 식사보다 더 좋아하기도 했다.

2011년

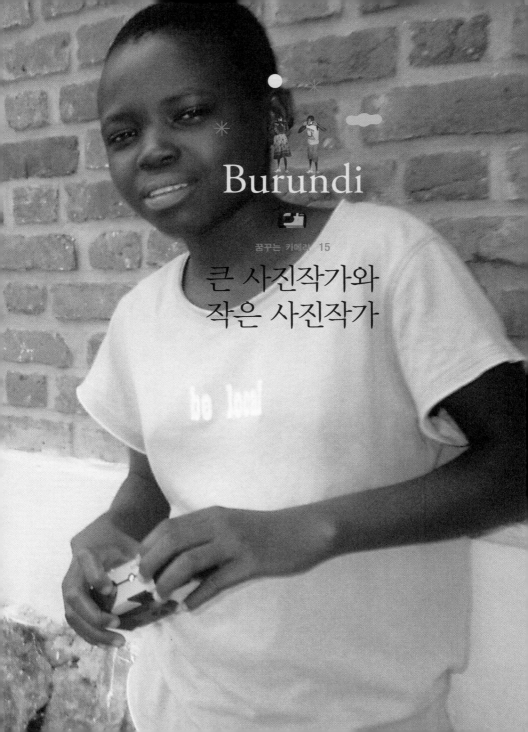

Burundi

꿈꾸는 카메라 15

큰 사진작가와
작은 사진작가

여기 이 사진들을 보세요. 모두 한창 볕이 좋을 오후 2시경에 찍힌 사진이에요. 사실 이 시간은 너무 더워서 새도 안 날아다닐 시간이거든요. 이 시간에 나와서 사진을 찍었다는 것은 그 아이들이 카메라 앞에 정말 최선을 다하고 있다는 것을 의미해요. 세바스티앙 살가도는 사진으로 소외 받은 계층에 대한 이야기를 하고, 베네통의 사진은 정확하고 치밀합니다. 아담스의 사진은 학자답고요. 작가들마다 미학적인 기준들이 뚜렷하듯이, 아이들의 사진에도 저마다의 시각이 있어요. 4만5,000장의 잠비아 아이들 사진을 보면서 우리가 아프리카에 대해 잘못 생각하고 있다는 생각이 들었어요. 그들을 불쌍하다고 보면 안돼요. 그들은 지금 부족한 것입니다. 저희 전시회에 오신 분들에게 굳이 설명을 하지 않아도 같은 것을 느끼고 가시는 것 같아요. 좋은 카메라가 좋은 사진을 찍는 것이 아닙니다.

김영중 작가의 잠비아 사진전 후 《디자인 정글》"인터뷰 중

김영중 선생님은 차풍 신부님의 오래된 사진 선생님이다. 차풍 신부님의 제안으로 두 분이 함께 잠비아로 떠나면서 꿈꾸는 카메라가 시작되었고, 몽골을 거쳐 부룬디까지 꿈꾸는 카메라의 여정을 함께하고 있다. 활동 내내 사진을 찍는 일을 했고, 한국에 돌아와서는 이 아이들이 찍은 사진들을 일일이 현상하고 인화하는 작업까지도 선생님의 몫이었다. 그리고 선생님이 직접 작업하는 작은 '꿈꾸는' 사진관은 바로 젊은 패기 카리스마 사장, 수란이가 경영하는 사진관이다.

영중 선생님은 평소에 화난 사람처럼 별 말이 없다. 혹은 시니컬하기까지 하다. 그러나 일단 사진 이야기가 나오면 언제 그랬냐는 듯이 침을 튀기며 열정적으로 이야기하는데, 특히 꿈꾸는 카메라에 대한 이야기가 나오면 더욱 심해진다. 내게도 '꿈꾸는 카메라'를 진심으로 잘 이해하게 되었냐고 묻고 묻고 또 물으셨다. 앗, 또 하나 그의 눈을 반짝이게 하는 것이 있긴 하다. 먹는 것. 우리 몸은 우리가 먹는 것으로 만들어졌다나……. 부룬디에 하루 늦게 왔는데 간식 가져 오지 않았다고 도착하는 날 얼마나 구박을 받았던지.

영중 선생님은 사진에 대해 철저하신데, 나눔 시간이나 활동에 대한 논의가 있을 때마다 아이들에게 공평하게 대하라고 강조했다. 그렇지 않아도 돌보아줄 사람도 없는 소외된 아이들에게 우리가 의도하지 않았지만 특정 아이들과만 놀아주거나, 그 아이들의 사진을 집중적으로 찍어주면 우리가 여기에서 또 다른 소외를 낳을 수 있다는 우려에서 하시는 말이었다. 고개가 끄덕여진다.

그런데 여느 때와 달리, 돈보스코 기숙사에서는 한 아이에게 좀더 특별하게 대해주는 것 같았다.

"선생님, 이자크에게 특별히 관심이 많으신가 봐요."

"이 녀석이 사진을 무척 좋아하네. 그리고 사실 아까부터 봤는데 다른 아이들에게 좀 따돌림을 당하는 것 같아."

그러고 보니 이자크는 아이들이 몇 명 없는 곳에서도 그들과 잘 어울리는 편은 아닌 듯 했다. 멀찍이 떨어져 있거나, 다른 아이들과도 이야기를 잘 하지 않았다. 수줍고 내성적인 아이인 것 같았다. 그런 이자크가 영중 선생님 옆을 계속 맴도는 것은 나도 느끼고 있었다. 다가가서 몇 살이냐고 물으니 10살이라고 짧게 대답을 한다. 내 친김에 사진 찍는 것을 좋아하냐고 물으니 고개를 끄덕인다. 사진 찍는 게 왜 좋으냐고 되묻자, 아픈 형과 엄마에게 사진 찍어서 보여주면 기뻐할 것 같다고 답하며 활짝 웃는다. 10살 소년의 대답치고는 참으로 대단하다.

그 이후에도 영중 선생님은 14명의 돈보스코 기숙사 아이들에게 모두 일회용 카메라를 나누어주면서도 특별히 이자크에게 디지털 카메라로 사진을 찍게 해주는 것으로 관심을 표했다. 꿈카 멤버들도 감히 건드리지 못했던 사진기로 이자크는 사진을 찍었던 것이다. 수줍기만 하고 말도 잘 하지 않았던 이자크가 큰 용기를 낸 듯 한 번만 영중 선생님의 카메라로 사진을 찍어보면 안되겠냐는 부탁에 영중 선생님이 허락한 것이다. 아프리카 꼬마에게 턱하니 무거운 카메라를 올려주시던 영중 선생님의 모습을 아직도 잊을 수 없다.

나는 이자크를 보면서, 언젠가 이자크가 사진 전시회를 할지도 모른다는 생각을 했다. 세상을 향해 처음 셔터를 눌렀을 때의 찰칵 소리를 잊지 않는다면, 렌즈를 통해 보이는 사람들의 모습을 여전히 사랑한다면, 사진기를 벌려 달라고 할 때의 그 용기를 잃지 않는다면 그는 '진짜' 사진작가가 되지 않을까 상상해본다.

 영중 선생님은 특별히 이자크에게 디지털 카메라로 사지을 찍게 해주는 것으로
관심을 표했다. 꿈카 멤버들도 감히 건드리지 못했던 사진기로 이자크는
사진을 찍었던 것이다.

이자크가 찍은 학교 친구들의 모습. 수줍기만한 이자크지만 카메라를 써봐도 좋겠냐고 물었던 그 용기만큼은 언제 어디서든지 잊지 말았으면 좋겠다.

꿈카 팀의 방문 지역 2

B2B와 헤어지고, 모든 것을 새롭게 시작해야 하는 우리는, 주변 신부님의 도움을 받아서 방문할 지역을 선정했다. 그렇게 새로이 선정한 곳이 마람뱌와 돈보스코 학교이다.

마람뱌 Maramvya

우리가 방문할 즈음 마람뱌에는 푸른 논들이 펼쳐져 있었다. 이 지역은 쌀농사를 주로 짓는 지역이라고 했다. 대부분의 주민들이 농사를 짓고, 역시 산 쪽의 평평한 곳에서 농사를 짓기 때문에 마을들은 농지가 아닌 산 안 쪽으로 자리 잡고 있었다. 시원하게 뻗은 도로를 따라서 논이 주욱 펼쳐져 있어서 이곳은 마치 아프리카가 아닌 것처럼 느껴졌다. 그러나 주도로를 지나 마을로 들어가는 길들은 험하고 좁아서 차가 들어가지 어려웠다. 우리가 방문할 때 폭우가 쏟아졌는데, 차가 길의 웅덩이에 빠지는 바람에 정말 애를 먹었다.

돈보스코 학교 Don Bosco Buterere Youth Center and School

난민 거주 지역에 천주교 살레시오 수도회에서 설립한 학교이다. 부줌부라 시내에서는 차로 한 20분 거리 안쪽에 이런 난민촌이 있을까 싶을 정도였다. 내전 이후 난민들이 모여 살다가 마을을 형성한 곳이다. 길거리에는 다 부서진 판잣집들이 가득했고, 시장이 형성되었는데 정말 많은 사람들이 모여 있었다. 농지도 없고, 평지에 아무것도 없어 보이는 이곳에 이렇게 많은 사람들이 모여 산다는 것이 서글프기도 하고 걱정되기도 했다. 그런 마을을 지나자마자 푸른 공터가 보이는 넓은 부지의 돈보스코 스쿨이 보였다.

마람뱌 | 2011년

EVELYIN | 11세 | 마람뱌 | 2011년

EVELYIN | 11세 | 마람뱌 | 2011년

매일 중국 무술을 따라 하는 두 남동생과 동네 꼬마들. 별로 느는 것 같지는 않은
데 폼은 그런대로 그럴듯하다. 생각보다 아프리카 지역에 쿵푸 영화는 유명하다.
많은 아이들이 이소룡 흉내를 내거나 쿵후 자세를 취한다. 세상에 가장 속속들이
침투된 음식점이 중국집이라더니 구석까지도 이소룡 아저씨의 '아뵤~' 하는 소리
가 스며들어 있다

EVELIN | 11세 | 마람바 | 2011년
어린 두 동생이 투닥투닥 싸우는 모습을 포착했다. 울면서 누군가를 찾아
가는 아이. 에블린이 사진을 찍고 동생들을 잘 토닥여줬을까?

EVELIN | 11세 | 마람뱌 | 2011년

뒷모습에도 표정이 있다면, 이 사진을 보라고 말하고 싶다. 잠이 든 아이를 등에 업고, 오른손에는 빗자루를 들고 걸어가는 엄마의 모습. 무겁고 힘들어 보이기보다는, 오늘의 일을 어서 해치우려는 엄마의 바쁜 마음이 보이는 듯하다.

마람뱌는 다른 지역보다 농지가 많은 편이다. 그래서 그런지 사진 속의 아이들
표정이 다른 지역 아이들보다 조금 더 밝고 여유가 있는 것 같다.
다음의 사진을 찍은 에블린은 11세가 된 어린 소녀이지만, 사람들의 감정을
잘 읽는 것 같다. 친밀한 사람들에게만 보여줄 수 있는 표정을 잔뜩 잡아낸
그녀의 사진들을 보고 있으면 저절로 미소가 지어진다.

전사가 되고 싶은 두 동생의 사진을 멋지게 찍어주었다. 부룬디의 전사의 춤은
북과 더불어 상당히 유명한데, 두 꼬마들은 이미 부룬디의 전사가 된 것 같다.

마람뱌 아이들의 꿈

CLOUD | 28세 | 마람뱌 | 2011년

아마도 선생님이 찍은 사진인 것 같다. 흙집 안에서 아이에게 젖을 먹이고,
자신도 밥을 먹고 있는 여성을 찍었다.

11살짜리 여자아이 일리요야는 가족과 친구들을 열심히 찍었다.
자기 눈높이에서 찍은 사진들이 편안하면서도 재미있다.
열심히 공부하는 언니에게 잠깐 포즈를 부탁했다.
이것저것 숙제가 많은 모양이다.

학교 친구들의 모습. 이 학교에는 여학생들도 꽤 있는 모양이다.
남자 아이의 차렷 자세를 하고 있는 데 반해, 치마 교복을 입은 여자 아이들은
모델 같은 자세를 취하고 있다.

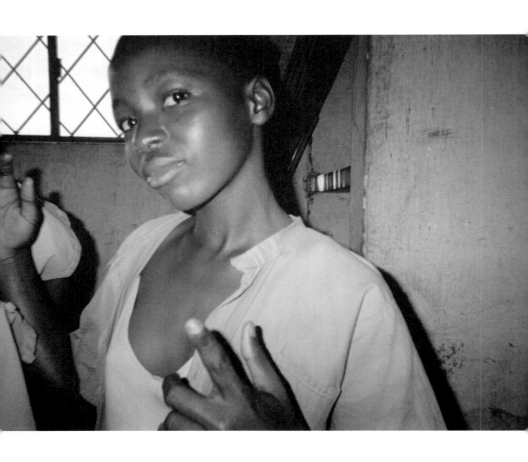

도전적인 표정으로 카메라를 바라보는 친구.
카메라를 보고 이쪽으로 잠깐 와보라고 말하는 것 같다.

동네 아이들이 카메라 앞에서 함성을 지른다. 장난꾸러기 남자아이들과 동생을 업
고 있는 여자 아이의 모습. 이렇게 한자리에 모여서 다들 신이 났나 보다.

MIZIGYIMANA DIVIME | 13세 | 돈보스코 | 2011년

Burundi

비오는 날
부룬디
시장에서의
미친짓

IRAMARIER FANNY | 14세 | 돈보스코 | 2011년
돈보스코의 마을 장. 작은 좌판을 펼쳐놓고 먹을거리들을 팔고 있다.

삶이 고단할 때는 시장을 가보라고 누가 그랬던 것 같다.

돈보스코 학교를 가는 길에 잠시 서는 마을 장에 들렀다. 사람들이 가득했다. 바나나와 이름도 생소한 붉은 과일을 팔고 있는 아줌마들과 신발을 팔고 있는 청년이 눈에 띄었다. 종종 집을 짓는 데 필요한 철판이나 벽돌을 파는 아저씨도 보인다. 정말 소박한 물건들이다. 막상 우리가 살 물건은 별로 없어서 두리번거리는 사이 장사가 안 되서 지루한 듯 한 아줌마가 우리를 관찰한다. 사람들이 많이 몰려 있어 웅성거리기에 무슨 일인가 싶어 달려가 보니 싸움이 난 모양이다. 사람들은 말릴 생각도 없이 구경만 하고 있다. 세상에 제일 재미있는 것이 싸움 구경이라더니 정말 사람들의 심리란 그런가 보다. 치고박고 하는 것이 예사롭지 않아서 저러다 한 사람 크게 다치겠구나 싶은데도, 누구 하나 말리지 않는다. 이제까지 순하고 정겨운 모습만 보아온 우리로서는 약간 충격이 아닐 수 없었다. 싸움이야 세계의 어느 나라 시장을 가도 쉽게 볼 수 있는 풍경이지만, 체격 좋고 강인한 두 흑인 남자가 싸우는 모습은 공포스럽기까지 하다. 자연에서 가까이 있어서 있지 더욱 맹렬하게 싸우는 모습에서 인간 본성의 호전성을 보는 것 같아 살짝 무서웠다.

시장은 그래서 시장이다. 물건만 있는 것이 아니라 각각의 인간 군상들이 다양하게 펼쳐져 있다. 흥정하며 밀고 당기는 모습, 물건을 덤으로 얹어 주는 넉넉한 마음, 물건을 팔기 위해 준비하는 부지런한 움직임, 바쁜 틈을 타서 살짝 물건을 훔치는 좀도둑들, 언쟁이 붙어 싸워대는 짜증나는 목소리도 있고, 다 팔지 못할 것 같던 무거운 바구니를 비우고 자식들에게 밥을 해줄 수 있어 기쁜 엄마의 미소가 있는가 하면 오늘 허탕을 쳐서 걱정이 태산인 소년의 실망감도 있다. 다양한 삶의 표정이 다 모여 있는 곳이 시장 아닌가 싶다.

소박한 이름 없는 마을의 시장들도 많지만, 중앙 우체국의 뒷문으로 나가면 중앙시장이 나온다. 케냐 항공에 돌아갈 표를 확인하기 위해 우리는 시내로 나왔다. 이곳 항공기는 자주 결항이나 변경이 생긴다는 선교사님의 말씀에 따라 예정대로 비행기가 떠나는지를 출발 한 3~4일 전에 확인해야 한다는 것이다. 아직까지도 아프리카에서는 빈번히 일어나는 일이다. 결항이 되거나 시간이 바뀐다고 놀라거나, 항공사에 세상이 떠나갈 듯 항의할 일은 아니다. 국제공항이라는 부줌부라 공항 역시 중소 규모 도시에서 볼 수 있는 기차역사 같은 느낌어서인지, 노트북을 매고 비행기 연착에 항의할 만한 그런 광경은 오히려 어울리지 않겠다 싶다. 로마에 가면 로마법을 따르라 했으니 아프리카에 와서 아프리카의 룰을 따르는 걸까? 출장 다닐 때면 몇 시간의 연착으로도 쉽게 짜증내며 공항에서 화를 내던 내가, 이곳에서는 왠지 그러한 사실이 당연하다는 듯이 이해가 되는 것은 어쩌면 그 짧은 시간 동안 아프리카의 시간관념에 적응해버렸기 때문일지도 모른다. 내가 '느긋함' 그리고 '그럴 수도 있구나' 하는 마음가짐을 조금은 배울 수 있게 된 것에 감사하는 마음이 생겼다.

케냐 항공 건물을 나와서 중앙시장에 들러 뭔가 아프리카적인 물건이 있나 둘러보기로 했다. 뒷문으로 나가자마자 큰 시장이 보인

비 오는 날 부룬디 시장에서의 미친짓

NOUWIMANA SHALLA | 13세 | 돈보스코 | 2011년

다. 분주한 이 시장은 꽤나 현대적이라고 할 수 있었다. 옆쪽에는 상류층 사람들이 이용하는 듯한 상점이 보였는데, 커피와 차를 마시는 공간에서 사람들이 우리를 구경하고 있었다. 인터넷 및 팩스를 보내는 상점도 있고, 핸드폰 판매점과 서점도 있었다. 그리고 한쪽에는 머리 손질을 하는 곳이 있었는데, 미용실에서 한 흑인 여인이 머리를 빳빳이 펴고 있었다. 총을 들고 왔다 갔다 하는 경호원들도 보인다.

 뒤늦게 알아챈 것은 우체국 옆쪽에 있는 이 지역과 바로 길 건너편은 매우 다르다는 것이다. 담장에 아이들이 붙어서 구경을 하고 있고, 경호원들이 총을 들고 움직이는 것이 보이는데 출입을 제한하

고 있었다. 우리는 아무 문제없이 들어왔는데 아주 가난해 보이는 거리의 아이들은 들어올 수 없는 상점들인것 같았다.

차가 겨우 한 대 다닐 만한 길을 건너 '또 다른 세계'로 향했다. 거기는 공산품을 주로 팔고 있었다. 신발, 가방 및 옷가지들이 다 닥다닥 붙은 상점들 사이에서 자리를 한 켠씩 차지하고 있는 물건들은 아무리 봐도 새 물건들이 아니다. 누군가가 쓰던, 그것도 한참 쓰던 물건들이다. 신발도 발에 맞는 것을 사야 한다. 자신의 발에 따라 디자인을 고르는 게 아니라 발에 맞는 신발을 사는 게 이곳 시장의 시스템이다. 부룬디에는 공산품을 생산하는 공장이 거의 없기 때문에, 공산품을 모두 수입한다. 정상적인 무역 루트를 통해서 들어오든, 비정상적인 경로를 통해서 들어오든, 무척 비싸다.

꽤나 큰 시장을 조금 돌다 보니 배도 고프다. 튀긴 빵을 비닐봉지에 담아주길래다 살까 하다가 비닐봉지의 위생 상태를 보니 차마 살 엄두가 나지 않는다. 부룬디에서 빵은 무척이나 비싸다. 튀김처럼 튀겨낸 빵이 거의 한국의 베이커리에서 사는 것과 가격이 비슷하다. 특별한 날, 쌀로 밥을 지어 먹긴 하지만 부룬디의 주식은 강낭콩, 바나나, 고구마, 옥수수가루 등이다. 일단 '빵'이 되는 과정을 거친 '상품'의 꼴이 되면 가격이 급등한다. 그것은 일반 사람들이 먹을 수 없는 것들이기 때문이다. 그나마 부룬디의 가장 큰 현대식 시장인 중앙시장은 꽤나 고급 시장인 것이다.

시장 구경을 하고 있는데, 갑자기 사람들이 분주하게 움직인다. 사람들이 꾸역꾸역 건물 안으로 들어가기 시작한다. 마치 지진 나기 전 동물들이 감지하고 분주하게 움직이는 것을 연상할 만큼 사람들은 이상스럽게 분주하다. 아직 시장이 파할 시간도 아닌데 말이다. 불이라도 났나 싶어 우리는 시장 밖으로 나가기 시작했다. 시장으로 들어오는 사람들과 반대로 우리는 시장 밖으로 움직였다. 왜 일까 아무 일도 없는데…….

우리가 밖에서 의아해 하는 순간, 갑자기 후두둑 빗방울이 떨어지기 시작했다. 우리가 '어?' 라며 한마디 하는 순간 빗방울은 더더욱 가열찬 속도로 떨어지기 시작했다. 열대 지방 소나기의 진수를 보여주며 세차게 내리는 비. 비를 피하기 위해 시장의 건물 안으로 들어가긴 글렀다. 이미 발 빠른 이곳 사람들은 발 디딜 틈도 없이 빼곡

IRAKOZE ABOUBAKARI | 14세 | 돈보스코 | 2011년

KWIZERA AISHA | 10세 | 돈보스코 | 2011년

하게 서서 마치 민방위 훈련을 하듯 대피해 있어서 자리가 전혀 없었다. 우리는 차를 세워둔 우체국으로 뛰기로 했다. 우체국 뒷문이 잠겨 우리는 다시 시장으로 돌아서 차가 세워진 곳으로 가야만 이 억수로 쏟아지는 비를 피할 수 있었다.

그런데 갑자기 화성 오라버니가 멈춰서더니 두 팔을 크게 흔들며 '아마호레!'라고 외친다. 역시나 틀린 인사를 하면서. 그가 외치는 옆쪽을 보니, 우리는 '스타'가 되어 있었다. 수십 개의 눈들이 우리만 지켜보고 있었던 것이다. 불쌍하게 생각하는지, 어리석게 생각하는지, 재미있게 생각하는지 모르지만 어찌되었든 흥미진진하다는 표정으로 우리들에게 시선을 보내고 있었다. 이를 간파한 우리 화성인의 화끈한 리액션.

갑자기 우리는 화성인을 쳐다보다가 서로 웃었다. 억수로 쏟아지는 비와 말도 안 되는 인사. 그런데 그들의 미소가 비웃는 미소가 아니다. 왠지 웃고 있는 그들이 좋다. 우리가 그들의 어떤 날 속에 '재미있는' 사람이 되면 그 또한 재미있는 것 아닌가? 서로 쳐다보던 우리는 누구랄 것도 없이 "아마호로!"라며 화성인을 따라 손을 크게 흔들었다. 할리우드 스타가 레드카펫을 지날 때 관중들에게 환호할 때 아마 이런 자세가 나오지 않을까? 옷은 비에 흠뻑 젖고 이렇다 할 메이크업도 없지만, 포즈 만큼은 레드카펫이었다. 그들은 이러한 우리의 적극적인 스타 서비스(?)에 열화와 같은 성원을 보내주었다. 화성인 오라버니가 갑자기 손키스를 날렸다. 차퐁 신부님은 애지중지하던 모자를 벗고 흔들었고, 나는 치마를 옆으로 잡고 무릎을 굽

혀 절을 했다. 신난 하성이는 살짝 짧은 듯한 다리로 점프를 하며 환호를 했고 점잖은 호진이마저 겸연쩍은 듯 우리를 보고 있다가 이 미친 퍼포먼스에 동참하여 인디언처럼 괴성을 지르며 원을 그리며 뛰었다. 되돌아오는 '아마호로'와 큰 환성과 박수, 그리고 힘차게 쏟아지는 비. 좋아하는 그들 때문에 더 행복해진 우리.

부룬디에서 여자는 긴 치마를 입는 것이 예의라고 해서 한겨울에 급히 인터넷으로 구입한 5천 원짜리 고무줄 치마. 이 치마가 그 어떤 명품 치마보다 소중한 것은 부룬디의 기억이 고스란히 묻어 있기 때문이다.

아프리카를 보는 우리의 시선

부룬디에 가서도, 부룬디에서 돌아와서도, 글을 보면서도, 인터뷰를 하면서도 나는 '부룬디'라는 나라를 보는 시선이 이렇게 사람마다 다를 수 있는지 놀라움을 금치 못했다. 사진을 보면 그렇지 않은가? 작가의 시선에 따라 빛과 어둠이 공존하는 한 프레임 안에서 어떤 사람은 빛의 밝은 부분을 찍고, 어떤 이는 그 어두운 부분을 찍는다. 분명 한 장소인데 말이다. 그에 따라 달라지는 너무나 다른 사진들. 가끔 우리는 그런 한 쪽의 말을 듣고 한쪽을 '틀렸다'고 말한다. 시선의 '다름'을 인정하는 것이 아닌 자신이 아는 지식만 맞다고 주장하는 사고가 얼마나 나와 내 주변과 그리고 세상 사람들 만연해 있는가를 다시금 느끼게 된다.

많은 사람들이 아프리카는 너무나 위험한 곳이라고 말한다. 부룬디도 아직 내전이 끝나지 않았고, 곳곳에서 반군들이 국지적인 전쟁을 하고 있다. 거기에 더불어 사람 사는 곳에서 일어나는 모든 범죄들이 이곳에서도 역시 일어난다. 그러나 우리는 평화롭고 아름다운 부룬디의 일상을 만끽했다. 사람들은 친절하고, 거리는 평화로웠다. 우리 팀 멤버들 중 몇몇은 부룬디가 위험한 곳 아니냐는 물음에 너무 안전하다고, 인터넷이나 여행 정보가 과장이 심한 것이라고 말하기도 한다. 사실 나는 이 의견에 전적으로 찬성하지는 않는다. 어디를 가느냐, 어떤 방식으로 가느냐에 따라 부룬디는 위험하지 않은 나라일 수도 있고, 너무나 위험한 곳일 수도 있다. 쉽게 생각하면, 우리나라에서 연평도 해전이 터졌을 때 해외 외신들은 금방이라도 전쟁이 일어날 것처럼 보도하고, 주가가 급락했지만, 사실 한국 사람들은 생각보다 겁내지도, 공포에 떨지도 않았다. 내부의 시선과 외부의 시선은 이렇게 다를 수 있다. 막연한 무지는 공포를 조장한다. 또한 그 내부의 안이함이 사태에 대한 정확한 인식이라고 볼 수도 없다.

교육문제에 대한 이야기를 꺼냈을 때, 신부님이나 선교사님들은 부룬디가 가장 당면한 가장 크고 중요한 문제 중 하나라고 강조하신다. 그러나 역시 교육에 대한 시선도 다를 수 있다. 선교를 통한 교육. 그들의 전통에 대한, 그들의 살아온 방식이나 삶에 대한 이제까지의 교육은 어떤 식으로 받아들여야 하는 걸까? 역시 또 다른 방식의 서구화 및 자본주의의 문화침략이 되지는 않을까? 꼭 이러한 방식이 원조를 통해서 혹은 서방의 도움을 통해서만 이루어져야하는 것인가? 김창원 씨와 인터뷰를 할 때 만약 내가 부룬디에 다녀오지 않았더라면, 나는 부룬디는 거의 문제가 없는 나라라고 생각했을 것이다. 그는 거의 다른 모든 문제에 대해서도 그러하긴 했지만, 상당히 긍정적인 입장이었다. 부룬디의 교육 기회의 남녀 차별도 그렇게 심각하지는 않다고 그는 전했다. 사실 예전에는 여자들이 학교를 가지 못했지만, 자신이 있던 2000년대 초반까지만 해도 벌써 여자나 남자나 거의 같은 비율로 교육을 받고, 물론 시골은 아직은 그만큼은 아니지만 많은 지역에서 여자와 남자의 교육수준이 거의 비슷하다고 말했다. 사실 좀 놀라웠다. 물론 자신의 나라에 대한 치부나 어려운 점에 대해 자신이 인정하고 싶지 않은 부분을 인정하지 않은 것일 수도 있다. 다른 나라 사람이 만약 '한국은 직장 내에서 남녀 차별이 심하다면서요?'라고 묻는다면 당신은 어떻게 대답할 것인가? 어떤 부분에서는 사실 아직도 존재하지만 많은 부분 개발도상국들이 말하는 차별의 수준보다는 적다는 생각을 하며 '아니요, 거의 평등해요'라고 대답할 수 있다. 하지만 그가 인터넷 검색을 통해 이에 관한 이슈를 다룬 기사를 본다면, 답변과 기사의 내용 사이에서 어떤 것이 맞는지에 대해 상당히 헷갈려 할 것이다.

시선의 차이, 입장의 차이, 관점의 차이에 따라 부룬디는 아주 다른 나라가 되어 있었다. 내가 지금 말하고 있는 이가 많은 다른 국가들의 지원이 필요해서 좀 더 힘든 현실을 알려야 하는지, 혹은 나의 존재가 곧 그 나라의 존재가 되는 상황에서 자신과 동일시 될 수 있는 그 나라에 대한 '밝고 긍정적인 부분'을 더 강조해야 하는지에 따라 너무나 다르다. 그건 어느 인간사나 어느 이야기나 마찬가지이고, 이런 조각조각들의 사진을 여러 장 봐야 전체 그림이 보이며, 그런 이를 바탕으로 자신의 사진을 찍을 수 있을 것 같다. 그러기엔 부룬디라는 나라에 대한 '조각'들이 아직은 너무나 적어서, 어떤 것이 진실인지를 찾아내기란 쉽지 않다. 다들 자신의 입장에서 진실이지만, 부룬디에 대한 많은 이야기, 교류, 생각들이 더 풍부해졌을 때, 더 잘 이해될 수 있고, 더 공감될 수 있는 사실들일 것이다. 나는 어떤 시선에서 부룬디를 보고 있는 걸까? 내 시선도 편협한 한 부분에 지나지 않을 텐데, 부룬디와 그 아이들에 대한 시선을 얼마나 진실하게 보여줄 수 있을까? 이 글을 쓰면서도 치열하게 고민했던 부분이었다.

Burundi

꿈꾸는 카메라 18

프로젝트
진행하기

꿈꾸는 카메라 프로젝트는 카메라를 나눠주는 일 말고도 많은 일들이 진행된다. 먼저 아이들을 만나기 전, 아침에는 차풍 신부님의 주도로 '나눔'의 시간을 갖는다. 아침에 나눔의 시간을 갖는 것은, 가톨릭 신자들은 아침 미사를 올리고, 비非신도들이 합류하여 그 전날 활동에 대한 이야기, 반성 및 당일의 활동을 함께 계획하고 준비한다. 차풍 신부님은 멋진 멘트들로 매일 아침 우리들에게 '꿈꾸는 카메라'의 의미를 다져주었다.

아이들에게 우리는 어떤 존재일까요? 단순히 우리가 이곳에 온 것이 카메라를 나눠주는 목적만은 아닐 거예요. 어른들의 몰이해로 꿈을 잃어버린 아이들에게 꿈을 심어줄 수 있도록 우리 프로젝트가 인위적이거나 가식적이지 않도록 본질을 잃지 말아야 합니다.

2011년 2월 1일 아침 나눔에서 차풍 신부님

오늘은 가톨릭의 주님봉헌축일 입니다. 우리 모두가 '봉헌'이라는 의미를 생각해 보았으면 합니다. 각자에게 봉헌의 의미는 어떤 것인가요? 봉헌은 어쩌면 선물일 수 있습니다. 우리가 여기에 와 있는 것, 시간과 돈을 들이고, 특히 명절 중에 가족과 함께 하는 기회를 대신해서 이곳에 온 것 자체도 우리가 '꿈꾸는 카메라'를 위해 봉헌한 것이리라 생각됩니다. 봉헌이라는 것이 정말 의미를 가지기 위해서는 일방적이 아니어야 합니다. 받아들이는 상대방의 생각도 중요하다는 의미이지요. 내가 준다고 해서 다 의미 있는 것은 아닙니다. 마찬

가지로 우리가 꿈카를 위해 무엇인가를 한다고 해서 그것이 모두 받는 아이들에게 의미 있다고 생각하면 안 될 것입니다. 아이들에게 어떤 의미인지 우리가 항상 생각하고 그 아이들의 눈에서 바라볼 수 있을 때 그것이 서로에게 진정한 '선물'의 의미가 될 것 같습니다. 사실 이렇게 먼 곳에, 많은 것들을 포기해가면서 우리가 우리 스스로에게 준 선물은 우리가 여기서 함께 하고 있다는 것 그것인 것 같습니다.

2011년 2월 2일 아침 나눔에서 차풍 신부님

이렇게 아침 나눔이 끝나고 꿈카 활동을 나가서 아이들을 만났다. '코닥kodak'에 도움을 받아 준비할 수 있었던 노란 일회용 카메라를 나눠주기 전에 충분히 아이들과 공감대가 형성되어야 하고, 카메라를 찍는 법을 알려줘야 한다. 말이 잘 통하지 않아서, 처음에는 조금 당황했지만 점점 적응할 수 있었다. 그래도 역시 아이들은 아이들이라서 그런지, 카메라에 큰 호기심을 보이고 적극적으로 사진을 찍어보려고 했다. 이때 중요한 것은 선생님에게도 카메라 다루는 법을 알려줘야 한다는 것이다. 우리가 손동작으로 가르쳐주는 것에는 한계가 있고, 아무래도 우리가 며칠 뒤 카메라를 회수하기 전까지 꼼꼼히 카메라 다루는 법을 알려줄 수 있는 사람은 선생님들이었다.

팀워크가 좋았던지라 회수 작업도 크게 힘들지 않았다. 아이들에게 사진기를 나눠주고, 며칠의 시간이 흐른 후 선생님들을 통해 사진기를 받는다. 이때 아이들에게 현상한 사진을 돌려주기 위해서는 필름마다 누가 찍었는지 반드시 표시가 되어 있어야 한다. 우리는 선생님의 도움을 받아 일회용 사진기에 번호를 매기고, 그 번호에 맞게 아이들의 이름과 나이, 성별, 주소를 표기한 라벨을 작성했다.

카메라가 수거된 뒤에 필름을 제거하고 필름과 라벨 번호를 일치시킨 후, 카메라 케이스를 따로 잘 모았다. 카메라 케이스는 아이들에게는 최고의 기념품이자 선물이었기 때문이다. 선교사님이나 학교 선생님들은 빈 카메라를 꼭 달라고 부탁하셨다. 카메라를 아예 가져가 버린다고 생각해서 어떤 아이들은 아예 카메라를 반환하지 않기도 했다.

이렇게 회수된 필름은 한국으로 가져가 현상과 인화를 하게 된다. 이 일은 김영중 선생님이 맡아서 하셨다. 선생님의 일은 현장에서보다도 프로젝트 현장 활동이 끝나면 더 많아지는 것 같다. 아이들의 필름이 섞이지 않게, 가능하면 모두 다 잘 나올 수 있도록 사진으로 만들어내는 일이 선생님의 몫이다. 이 작업은 수란이네 사진관에서 이루어지는데, 수란이가 선생님을 도와 이 엄청난 사진 작업들을 함께 했다. 또, 아이들에게 보내줄 사진과는 별도로 선생님과 수란이가 만든 사진은 파일로 만들어져 팀 멤버들과 공유하고, 우리는 그 사진들 중 전시회에 사용될 사진들을 200점 정도 골라냈다.

어찌하여 만난 이 부룬디 팀 사람들. 처음에는 이름도 성도 몰랐던 사람들인데 어찌나 마음이 딱딱 맞는 사람들이던지. 이렇게 골라서 팀을 만들려 해도 만들 수 없을 것 같은 다양한 색깔의 절묘한 조화. 꿈꾸는 카메라에 걸맞은 드림팀이었다. 자유롭고 개개인의 의사 결정을 존중하는 차풍 신부님의 리더십과 리더의 결정을 존중하고 팀원들을 배려하려는 구성원 개개인의 노력들. 사실 노력이 아니라 스스로 즐거워한 일들이라 행복하기만 했다. 누구 하나 불평하지도, 불만을 갖지도 않았던 참 많이 웃었던 시간들이었다.

　내가 가장 좋아하는 책의 목록 중에 빠지지 않고 들어가는 것이 《좋은 기업을 넘어 위대한 기업으로》라는 짐 콜린스의 책이다. 그 책에서 훌륭한 회사는 버스가 어디로 갈지 정하고 사람을 태우는 것이 아니라 함께 할 사람들을 태우고 어디로 갈지를 정한다고 했다. 어떤 사람들과 함께 하느냐에 따라 성공 혹은 행복이 달라진다는 말로 나는 해석한다. 이런 사람들과 함께 했기에 '꿈꾸는 카메라'라는 행복한 버스가 부룬디를 쌩쌩 달릴 수 있었던 것 같다.

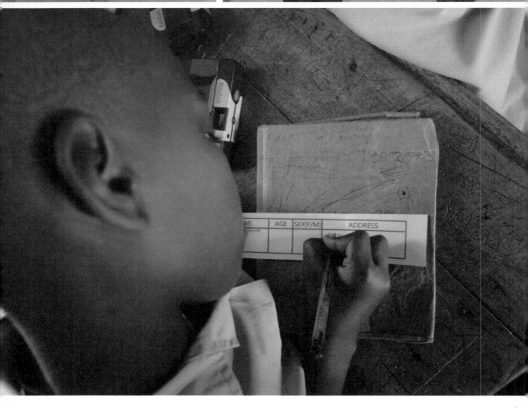

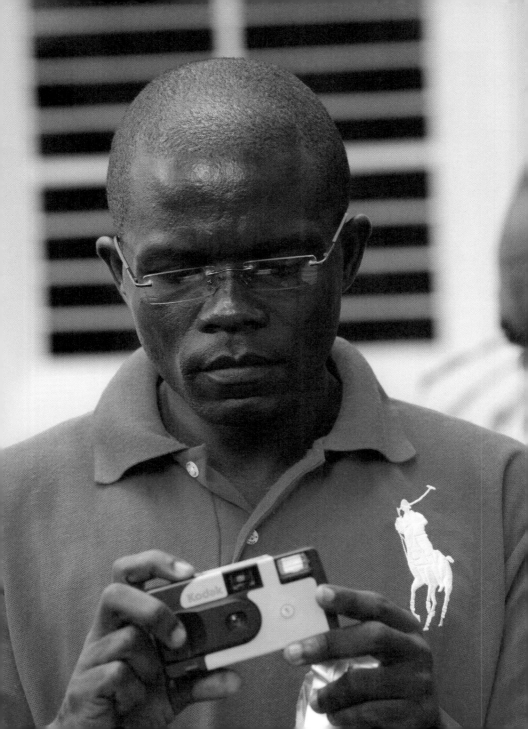

부룬디 자료는 왜 찾기가 힘들까?

아프리카가 우리에게 잘 알려지지 않은 것은 사실이지만, 부룬디는 특히 자료가 거의 없다. 외국 자료들을 찾고 웹사이트를 뒤져도 부룬디 자료는 별로 나오지 않는다. 부룬디의 경우 아프리카의 다른 나라들과 달리 늦게 식민지가 되었기 때문에, 아이러니하지만 식민지 기간이 짧아 자료도 적다. 또한 오랜 내전으로 인해 내부적으로든, 외부적으로든 이 나라에 대한 관찰이나 기록을 할 수 있는 상황이 아니었다. 우리나라의 경우 부룬디에 대사관이 없고 탄자니아 대사가 부룬디 대사를 겸하고 있다. 그러나 부룬디는 우리나라보다 북한과 먼저 수교를 맺어 지금도 뒤로 무기 거래 등을 한다고 알려져 있다. 얼마 전 중국을 통해 북한이 부룬디로 무기 수출을 했다는 기사를 접하기도 했다. 내전과 반군 그리고 부패한 관료들이 북한과 비공식적으로 무기 거래를 하는 형태이니, 어찌 보면 우리나라보다 더 친한 나라가 그들에게는 북한일 수도 있겠다는 생각도 든다.

프로젝트 전후로 부룬디에 대한 정보를 찾으려고 애썼지만, 부룬디에 대한 정보는 절대적으로 부족하고, 있다 하더라도 기본적으로 5~7년 전의 오래된 자료들뿐이었다. 심지어 아프리카어 교수님과 아프리카 관계 모임의 연구원들도 부룬디에 대한 구체적인 정보를 거의 가지고 있지 않아서 글 쓰는 내내 안타까운 점이 많았다.

부룬디에 우리나라 교민이 늘었다고는 하나 5명 안팎이니, 정말 부룬디는 우리에게 생소한 나라가 맞는 것 같다. 하지만 많은 가능성을 가진 아프리카의 나라라는 데, 우리 팀 모두 만장일치로 동의했다. 부룬디는 내전의 상처를 딛고 재건에 박차를 가하고 있다. 사실 기후 조건도 다른 아프리카의 국가들 보다 좋고, 농사도 지을 수 있으며, 탕가니카 호수가 있어서 물도 비교적 확보가 가능하다. 무엇보다도 사람들이 영리하고 부지런하다. 자존심도 강하고, 욕심도 있다. 정말 우리 팀 모두 30년 후의 부룬디는 정말 위치만이 아닌 모든 것의 중심으로서 '아프리카의 심장'이 되어 있으리라 확신했다.

IQIRUGUNTO NATHAN | 11세 | 카노샤 | 2011년

Burundi

꿈꾸는 카메라 19

탕가니카 호수의
설날과 윷놀이

2011년 2월 3일. 우리는 설날을 부룬디에서 맞았다. 가족들을 모두 배신(?)하고 온 꿈카 멤버들은 떡국을 먹는 호사는 누리지 못하더라도 간단하게 '새해맞이 기념식'를 하기로 했다. 뜨거운 부룬디에서는 떡국보다 시원한 팥빙수가 더 잘 어울렸기에 가까운 탕가니카 호수에서 맛있는 음식을 먹으며 '덕담'을 나누기로 했다.

탕가니카 호수는 빅토리아 호수 다음으로 아프리카 대륙에서 큰 호수이다. 말이 호수이지 바다가 육지에 살짝 막혀 있다고 생각해도 될 만큼 거대한 호수이다. 지구의 총 담수량의 18퍼센트를 차지하는 호수이니 정말 어마어마한 크기의 호수가 아닌가 싶다. 탕가니카 호수는 부룬디, 잠비아, 콩고, 탄자니아의 국경을 접하고 있다.

따라서 이 호수는 당연히 예전부터 이동과 무역의 중심지였다. 게다가 세계에서 두 번째로 깊은 호수이기도 해서 호수 안에는 400여 종의 물고기가 살고 있다고 한다. 그 중 탕가니카 호수 안에서만 사는 고유 어종만도 290여 종이나 된다.

물이 부족한 많은 아프리카 국가들과 달리 부룬디가 그나마 사정이 나은 것도 이 탕가니카 호수의 역할 때문이라고 할 수 있다. 오랜 세월 동안 탕가니카 호수에서 물고기를 잡으며 생계를 유지했던 많은 부족이 있었고, 지금도 그러하다. 최근 수년간은 연간 20만 톤이 잡히고 있지만, 사실 이것도 70년대 말의 40퍼센트 수준밖에는 되지 않는다고 한다. 100여 년 전에는 영국, 벨기에, 독일 등 유럽

열강들도 서로 탕가니카를 차지하기 위해 대립하고 전투도 벌였다. 오늘날에도 이러한 나라 사이의 무역이나, 반군과 정부군의 충돌이라든가 난민들의 피난 등이 빈번해 탕가니카 호수는 전략적 요충지로서 중요시되고 있다. 탕가니카 호수에 처음 마주한 나도 개발이 가속화되고 있음을 쉽게 짐작할 수 있었다. 호수 주변에 고급 주택 단지와 호텔 등이 빠르게 들어서고 있었던 것이다.

한여름의 설날. 부룬디에 온 뒤, 홀가분한 마음으로 떠난 첫 나들이 탕가니카 온 김에 그중 최고급 호텔이라고 하는 '뒤 렉 탕가니카 호텔Hotel Club Du Lac Tanganyika'에 들어가기로 했다. 구경만 하는 건데 뭐 어때. 호텔 안에 들어서자마자 전용 해변이 보였다. 하얀 모래사장과 잔잔한 파도, 파란 하늘이 내 눈앞에 펼쳐져 있었다. 감히 작은 호수라고 할 수가 없었다. 큰 바다였다. 나도 모르게 소리를 지르며 백사장으로 달려갔다. 하늘에는 갈매기들이 날아다녔다. 해변의 하얀 모래 위에 반짝이는 햇빛이 호수 물결을 타고 내 눈에 들어왔다. 이렇게 아름다운 자연은 그대로인데, 사람들은 슬펐다 기뻤다 한다. 노예상에 팔려가던 배도 이 호수를 지났을 테고, 연인처럼 보이는 두 사람의 낭만적인 보트도 이 호수를 지나고 있었다. 묵묵히 자리를 지키는 탕가니카 호수, 수만 가지 이야기를 호수 바닥 저 깊은 곳에 삼켜둔 채 있는 것이 보였다.

모래사장 위를 걷다보니, 꿈카 멤버들 모두 기분이 멜랑콜리해지나 보다. 지영이와 호진이는 마치 영화의 한 장면을 연출하기도 하고, 화성 오라버니는 화성인처럼 해괴한 표정과 몸짓으로 영화의 한

장면을 흉내 내기도 한다. 수란이는 특기인 '예쁜 척'을 너무나 사랑
스럽게 하고 있고, 기민이는 심통을 내며 이 모든 영화에 자신의 장
르가 없음을 투덜거린다. 그들을 보는 것만으로도 행복해진다.

　내가 부룬디에 오기 전까지 달고 살던 이유 없는 우울감처럼, 지
금 이 흐뭇함과 가슴 벅참은 설명하기가 힘들다. 멤버들이 자기만의
세계에 빠져 있는 동안 차풍 신부님은 호텔 안에 살고 있는 공작새
와 홍학 잡기 놀이에 나섰다.

　다시 호텔로 들어와 떡국 대신 뷔페식당에 가볼까 했는데 1시나

돼야 시작이란다. 게다가 1인당 25불이라니. 맙소사. 우리나라 돈으로 2만 5,000이 넘는 식사였다. 이 나라의 소득 차이는 대체 어떻게 설명해야 할까. 하루에 2달러도 못 버는 사람들이 대부분인 이 나라에서 25불짜리 밥을 먹는 사람도 있다는 거잖아. 예상은 했지만 놀랍고 씁쓸했다. 그리고 밥맛이 뚝 떨어진다. 신부님은 그런 내 마음도 모르시고는, "내가 특별히 쏠 테니 먹을까, 먹을까?" 하신다. 모두 고개를 저으며 식당을 나왔다. 대신 수영장이 있는 풀장에서 맥주와 피자를 먹기로 했다. 맥주도 한 병에 한국 돈으로 2,500원, 피자는

한판에 9,000원이나 한다. 한편으로는 나의 이런 계산이, 어느 나라나 이런 격차는 존재하는데, 내가 아프리카에 있다는 이유로 특별하게 반응했다는 생각도 들었다. 서울에서도 3,500원짜리 구내식당의 밥과 1인당 3만원이 넘는 패밀리 레스토랑의 차이를 대수롭게 넘기지 않았던가. 이런 차이는 분명히 내 주변에 존재했지만 문제의식을 갖고 예민하게 반응하지 않았고, 익숙한 것으로 여기지 않았던가.

설날 밤이 되자, 이미 가족처럼 된 우리끼리 윷놀이를 하기로 했다. 라파 숙소의 누구나 들어올 수 있는 거실에서 우리는 약간의 간식들 들고 낮의 열기를 식히며 다시 모였다.

윷이 없는 이곳에서 즉석 윷이 된 것은. 호진이의 담뱃갑. 그는 기꺼이 자신의 피 같은 담배 네 갑을 꺼내 윷으로 희생(?)시키는 동료애를 발휘했다. 빈 담뱃갑은 무게감이 없어서 휙휙 날아가기 때문에 어쩔 수 없이 담배가 들어 있는 완전 새 것으로 해야 했다. 윷이 담뱃갑이므로 공정하고 원만한 게임을 위해 우리는 몇 가지 룰을 만들어야 했다. 일명 프링글스 룰. 담뱃갑은 윷과 달라 잘 구르지 않으므로 그냥 살짝 던지면 쉽게 모나 윷을 만들 수 있기 때문에, 이를 방지하기 위해 일정 높이 이상으로 던져야 한다. 그 기준이 된 것이 공교롭게도 우리와 함께 했던 프링글스 빈 깡통이었다. 윷이 테이블에서 떨어지면 실격하는 것은 당연한 일이었고, 그 밖에 윷판에 몇 가지 지뢰밭을 설치하는 것이 또 이 게임의 묘미였다.

차풍-지영, 호진-은정, 수란-화성, 기민-하성이 팀을 만들었고,

우리 작가 선생님은 일찍 잠자리에 드셨다. 팀 구성이 되고 각자 병뚜껑, 열쇠, 사탕, 종이 쪼가리 등으로 말을 만든 후 이 시시해 보이고 장난스러운 윷놀이는 시작되었다. 나중에는 램버트 신부님까지 합세해 윷놀이를 이어갔다.

전혀 예상치 못했던 곳에서 예상치 못한 즐거움이 항상 우리를 기쁘게 한다는 것, 이것이 꿈꾸는 카메라의 가장 큰, 아니 치명적인 매력이다. 떡국 대신 피자와 맥주로 한 살을 더 먹은 이 날 같이 말이다. 왠지 나의 올해는 더욱 특별할 것 같았다.

부룬디에서 만난 한국인

B4B와는 부룬디에 온 지 3일만에 각자의 길을 가기로 결정했지만, 좋은 사람들과 인연을 맺게 된 만남이기도 했다. 여러 사람들에게 도움을 받았지만 그중에서도 안종률 목사님 부부는 17년이나 부룬디에서 생활하신 분이다. 비록 내가 기독교 신자가 아니었지만, '신념'으로 그렇게 오랜 세월을 열심히 살아온 사람들에게서 느껴지는 감동이 이 두 분에게는 있었다. 부룬디에 정착해 살고 있는 유일한 한국인 가족이었고, 내전이 휩쓸고 간 이후에도 변함없이 부룬디에서 선교를 하고 있었다. 그들은 오히려 부룬디 사람들을 닮아 있었다. 사람은 사랑하는 사람들은 닮아간다지. 어쩌면 그들에게 부룬디는 조국인 대한민국보다 더 큰 의미인지도 모른다. 내게, 내 인생을 걸 만한 모두 걸만한 가치있는 것은 무엇일까? 그리고 그것을 함께 할 사람들은 누구일까? 그분들이 아름다운 것은 어쩌면 두 사람이라서가 아닐까 싶은 생각도 든다. 두 사람이 같은 곳을 바라보며 그 긴 세월을 간다는 것. 고난이 더 아름다워 보인다. 종교를 떠나서 어떠한 가치에 대한 끊임없는 믿음과 희생 그리고 사랑. 그들 삶 자체가 그런 것 아닐까?

   마지막 인사를 하면서 목사님 부부는 이제서야 겨우 새로 지은 새 집 앞에서 두 부부의 사진을 부탁했다. 영중 선생님이 흔쾌히 OK 사인을 보내며 두 분만의 사진을 준비했다. 10년도 넘게 찍지 못했던 두 부부만의 사진. 좀 더 다정한 포즈 좀 연출해보라는 영중 선생님의 주문에도 불구하고 두 분은 수줍어 어쩔 줄 모르는 어색함이 역력했다. 하지만 신뢰로 가득한 두 부부의 세월만큼이나 사진 속에 두 사람의 사랑은 묵직하고 지긋한 아름다움으로 다가왔다. 모두 두 분을 위해 박수를 쳤다.

ILEREILALI MINANIILERE | 10세 | 돈보스코 | 2011년

Burundi

꿈꾸는 카메라 1220

돈보스코
아이들의 꿈

ILEREILALI MINANIILERE | 10세 | 돈보스코 | 2011년
부줌부라 시내의 난민촌에 세워진 돈보스코 학교.
이 학교의 학생들에게 꿈카를 맡겼다. 이 아이들은 무엇을 찍을 수 있을까?
삭막한 난민촌의 모습에 걱정이 되기도 했지만, 아이들은 아이들이다.
자신들만의 시선으로 그들의 주변을, 일상을, 꿈을 찍는다.
10세 미나닐레르ILEREILALI MINANIILERE는 사진을 찍을 줄 아는 소년이다.
사진기를 만져본 적도 없었을 텐데, 찍는 대상에 따라 자신이 원하는 분위기를
연출하는 특별한 재능을 가지고 있었다.

ILEREILALI MINANIILERE | 10세 | 돈보스코 | 2011년
하늘을 배경으로 왼쪽의 사진은 소년을, 오른쪽 사진은 소녀를 찍었다.
소년은 강한 표정과 그림자가 진 구름이 어우러져 듬직하고 늠름해 보이고, 소녀
는 화면 가득히 잡아서 부드러운 미소가 더욱 부각되고 있다. 같은 시간대에 찍은
것처럼 보이는 하늘이 소년과 소녀의 각기 다른 개성을 보여주는 배경이 되었다.

ILEREILALI MINANIILERE | 10세 | 돈보스코 | 2011년
뉴 키즈 온 더 블록 같지 않은가?
카메라 앞에서 아이돌 같이 멋진 포즈를 취하고 있다.

ILEREILALI MINANIILERE | 10세 | 돈보스코 | 2011년

물란 티셔츠를 입은 아이는 수줍게 나무에 기대어 어찌할 바를 모르는 듯하다.
그러나 이내 적응하여 아래 사진에서는 마치 어설픈 모델처럼 폼을 잡는다.
형이 멋지게 포즈 잡는 법을 알려준 것 같다. 큰형의 손을 잡고 양 옆에서
장난치는 아이들이 무척 귀엽다.

ILEREILALI MINANIILERE | 10세 | 돈보스코 | 2011년

카메라를 받자마자 주변 친구들의 모습을 찍었다. 노란색 꿈카를 받고,
선생님께 사용법도 배우고 이리저리 만져보기도 한다. 미나닐레르는
이런 흥분된 순간을 잘 잡아냈다.

ILEREILALI MINANIILERE | 10세 | 돈보스코 | 2011년

집에서 키우는 닭들. 부룬디 아이들의 사진을 1,000여 점 넘게 보면서, 많은 아이들
이 자신들이 키우는 가축들을 자신의 식구인 양 찍는다는 것을 알 수 있었다.
집 안에서 가축을 돌보는 것도 아이들의 일 중 하나인데, 특히 덩치가
작은 아이들은 새끼들을 많이 돌본다고 한다.
그래서 그들은 이 새끼 가축들에 대한 애정이 각별한 듯하다.

ILEREILALI MINANIILERE | 10세 | 돈보스코 | 2011년
미나닐레르도 가족들을 찍었다. 바쁘게 일하는 형의 뒷모습,
절구질을 하는 엄마의 모습. 일상적 모습이지만,
이 소년의 사진에는 생동감이 있다.
그리고 역시 하늘을 배경으로 찍는 것을 잊지 않는다.

ILEREILALI MINANIILERE | 10세 | 돈보스코 | 2011년

이 소년은 하늘을 무척이나 좋아하나 보다. 인물 사진의 배경으로도 적절히
사용할 뿐만 아니라 그 자체로도 사진을 찍었다. 어른이 되면서 머리 위에
하늘을 이고 살면서 우리가 얼마나 하늘을 자주 보며 그것을 즐겼던가.
신이 머리 위에 하늘을 올려놓은 이유는 삶에 '희망'이란 '꿈'이란 '쉼'이란 것을
항상 보여주기 위해서였을지도 모른다는 생각이 불현듯 든다.

ILEREILALI MINANIILERE | 10세 | 돈보스코 | 2011년

ILEREILALI MINANIILERE | 10세 | 돈보스코 | 2011년

HYPOLITE MUGISHA | 12세 | 카노샤 | 2011년

Burundi

꿈꾸는 카메라 21

나의 부룬디
어린 왕자

나가사가.

마치 사하라 사막 어딘가에 불시착하여 떨어진 비행기 조종사처럼,

내가 부룬디에 온 것도 이와 비슷한 지도 몰라.

안녕 나의 어린 왕자.

사실은 말이야. 난 아주 슬펐어. 이유는 잘 모르겠어.

분명 눈물이 날 일이 아닌데도 난 가끔 혼자 울기도 하고,

화를 내기도 하고. 근데 그게 꽤나 여러 번이었는지도 몰라

이젠 기억조차 나지 않으니 말이야. 그렇게 반복하다 보니

아무 느낌이 없는 그런 나날들이 계속 되고 있었어.

마치 아무 맛도 나지 않는 단물 빠진 껌을 계속 씹고 있는

느낌이랄까? 이가 아픈 것 같기도 하고 그만 멈추고 싶기도 한데,

난 계속 같은 속도와 같은 힘의 크기로 껌을 씹고 있는 느낌.

그렇게 나는 절망적이었단다. 아마 네가 예전에 만났던 비행사도

그때 그랬을 거야.

물을 길러 가는 노란 색 물통

너 만한 동생을 등에 업고 박수를 치며 노래 부르던 모습

카메라를 들고 여기저기 뛰어 다니던 그 운동장

플래시가 터질 때의 깜짝 놀라던 네 표정

너보다 더 커 보이는 땔감을 머리에 가득 이고 가면서도

씩 웃어주던 너의 미소

신기한 듯 다가오지만 말조차 걸지 못하고

계속 응시하고 있던 너의 크고 맑은 눈망울

'아마호로' 라며 씩씩하지만 수줍어 어쩔 줄 모르며

내미는 너의 작고 까만 손

비를 맞으면서도 고무공처럼 유연하게 우리 차를 따라오던

그 영양가젤처럼 빠른 달음질

너를 만나고 난 가벼워졌어.
27장의 사진 속에 채워진
너의 소중한 순간, 사람,
그리고 꿈.

언제나 나에게 용기를 준 파란 하늘
옆집 아줌마에게 부탁해서 찍은 엄마의 평생 소원이었던 가족사진
매일 학교가 끝나면 네가 업어서 키우는
두 살배기 동생의 웃는 모습
매일 바라보고만 있지만
언젠가는 말을 걸, 몰래 찍은 그 소녀
넓은 세상으로 꼭 나갈 거라고, 어른이 되면 꼭 저 자전거를 타고
산 넘어 멀리 미국이란 나라까지 가볼 거라고,
그때 거기에 데려다 줄 자전거.
어제 새끼를 낳은, 오늘 그 새끼를 돌보다가 찍은,
기특하고 고마운 우리 집 염소
꼭 한 장 찍고 싶어했던, 멋진 네 사진. 며칠전에 구호단체에서 받은,
멋진 남자가 그려진 새 티셔츠를 입고 찍은 네 사진.
매일 연습하고 있는 축구. 부룬디 출신의 샤바니 농다처럼
유럽에서 뛰는 그런 훌륭한 선수가 되고 싶어 언제나 함께 하는
나의 오래된 축구공

나의 부룬디 얼린 왕자

니가 꼭꼭 눌러 담은 27장의 너의 소중한 순간들.

너를 만났을 때도 그랬지만, 사실 너의 사진들을 보는 순간 난 진짜

'눈물'을 흘렸어. 넌 단물 빠진 껌을 질겅질겅 씹는 삶이 그게 아닌

삶과 얼마나 다른지를 그 사진들로 보여주었거든.

일회용 카메라 한 개의 27장의 사진, 마치 우리네 인간의 '삶'이 아

닐까. 끝이 정해진 한 번뿐인 삶을 살아가기에 제한된 필름 수를 가

진 카메라처럼, 가장 아름다운 것들을 다 끝난 후가 아닌 그 순간에

자신의 사진기에 담아야 하고, 언젠가 카메라의 버튼이 더 이상 눌러지지 않을 때 결코 저 장면을 찍을 걸, 아까 괜히 찍었다고 후회해도 소용없다는 것. 디지털 카메라처럼 찍어보고 수정할 수 없다는 것. 작은 일회용 카메라는 우리네 삶인 듯하다.

그 카메라에 차곡차곡 채워진 너의 순간들은 아름다웠다. 최선을 다해서 마음에 간직했던 그 모든 것이 얼마나 아름다운지. 넌 너의 매 순간에 최선을 다하고 있구나.

나 말이야?

난 내 카메라로 삶을 그렇게 찍으려 했던 것 같아.

누군가 유명한 사진가 아저씨가 찍은 사진처럼 찍으라 하면

내가 좋아하지 않아도 그대로 찍으려고 했고,

찍고 싶은 것이 없을까 봐 안달을 냈고, 반대로 찍고 싶은 게 너무

많은데 선택하지 못해 우물쭈물하며 중요한 것을 찍지 못했지.

내 옆 사람의 일회용 카메라의 성능이 더 좋아 보여서

내 것을 손에 들고 계속 다른 사람 것만 보고 있었단다.

내 것은 고장난 게 아닌지, 성능이 떨어지는 것이 아닌지

의심하면서 말이야.

네 사진들을 보는 순간 깨달았어.

인생에 있어서 어떤 순간이든 최선을 다해

꼭꼭 셔터를 누른 것들이 디지털 카메라처럼 미리 볼 수 있는 것이

아니기에 나중에 인화를 하고 사진으로 뽑았을 때

얼마나 아름다운지를 네 사진을 보는 순간 느끼게 되었어.

이제 노란색이 참 좋아졌다.

네 생각이 나서. 밀밭의 밀만 봐도 황금빛 머리가 생각나듯,

나는 노란색을 보면 이제 부룬디의 그 노란 햇빛과 노란 담장에서

더욱 돋보이는 너의 까만 피부와 세상을 다 가진 듯이 웃는

너의 웃음이 떠오른다. 그래서 나까지 행복하게 돼.

꿈이란 게 거창한 것이라 생각되었던 때가 있었어. 1등이 되고,

승진을 하고, 좋은 집을 사고, 남들이 부러워할 만한 자리에 있고,

누구나 부러워할 만한 사람과 결혼을 하고, 거창한 일을 하고.

그렇게 '남들이' 인정할 만한 것이 아닌 것은 꿈이 아닌 것 같은

그런 착각 속에 살았단다.

그런데 말이야. 꿈이란 건 엄청난 것이 아니어도 된다는 것을

너의 사진 속에서 배웠어.

가족과 함께 먹을 수 있는 맛있는 저녁식사

학교에 우물이 생기는 것

다 떨어진 축구공을 새것으로 바꾸는 것

옆 마을 축구팀과 시합에서 이기는 것

수줍어 말 한마디 못했던 그 소녀와 함께 앉는 것

비행기를 타 보는 것

돈을 많이 벌어서 아픈 형의 다리를 고쳐주는 것

꿈은 마음이 외치는 가장 순수한 소리. 그것이고 그것은 공기처럼 보이지 않아서 남의 눈 따위가 중요하지도 않은 것이지.

마음이 외치는 북소리처럼 울림이 있는 소리. 그게 꿈이야.

너는 알고 있는 것을 나는 알지 못했구나.

아니 어쩌면 나도 알고 있었을 거야. 나도 어린 시절이 있었으니까.

불시착한 사막의 어린 왕자에게 배우듯, 나는 아무것도 알지 못하

고 도착한 이곳 부룬디에서 너희들에게 배워가는구나.

안녕, 꼬마 친구야

다시 올게. 다시 오면 넌 너무나 커버렸는지도 모르겠네.

아마 우리는 서로를 알아보지 못하겠지?

하지만 알아보지 못한다고 사라지는 것은 아니잖아.

부룬디의 저 빛나는 밤하늘의 별들과 눈이 부실 만큼

빛날 햇살 그 속에서 우리는 서로를 언제나 '느낄' 수 있잖아.

나가사가

세상에서 가장 크게 웃을 수 있는 나의 어린 왕자님!

아마호로! 우리는 항상 만날 테니까.

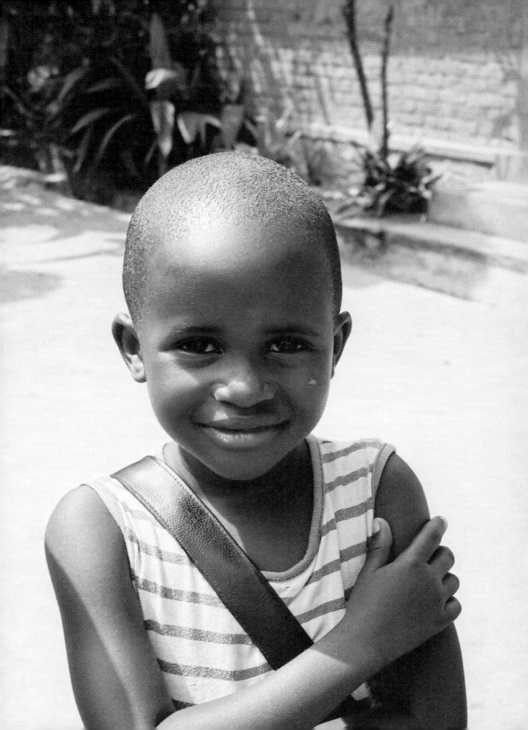

돌아오는 길에 만난 또 다른 친구

한국으로 귀국하는 길은 인도 뭄바이를 경유하는 일정이었다. 케냐의 나이로비 공항이 대도시 시외버스 터미널 같다면, 부줌부라의 부룬디 국제공항은 조금 들어간 소도시의 역 같다고 할까? 부줌부라 국제공항에서 케냐로 나가서, 케냐에서 뭄바이 행 비행기를 탔다. 뭄바이 행 비행기에는 대부분 인도인들이 타고 있었다. 나이로비 공항 화장실에서 화장실이 지저분하다며 내 앞의 인도인 아주머니가 주의하라고 해서 화장실에서 잡담을 하며 웃었는데, 바로 그 아줌마와 일행들이 내 옆자리에 앉게 되었다. 여행은 참으로 즐거운 우연들을 만들어준다. 꽤나 긴 비행 시간 동안 우리는 친구가 되었다.

나이가 가장 어린, 나와 화장실에서 처음 인사를 나눈 안주Anju는 분홍색 셔츠에 청바지를 입은 스타일이 멋진 아마 50대쯤 되어 보이는 아줌마였다. 화장실에서 나에게 적절한 경고와 정보(?)를 준 그녀에게 나는 분홍색이 너무 잘 어울린다는 말을 건넸다. 그렇게 우리는 말을 트게 되었다.

그런데 또 모르는 게 여행에서의 인연이다. 나이로비 화장실 앞에서 그렇게 헤어졌던, 안주와 그녀의 친구들이 비행기에서 바로 옆자리였다. 그녀들은 남아공의 요하네스버그로 여행을 다녀오는 중이었다. 소위 친한 친구들끼리 패키지 관광을 다녀온 것인데, 케냐에서 사파리를 하고 뭄바이로 돌아가는 길이라고 했다. 하르샤Harsha와 아루나aruna는 무려 20년지기 친구이고, 안주는 남편과 함께 이 패키지 여행을 온 것이었다. 그녀들은 핸드폰에 저장된 손자, 손녀들의 사진을 보여주고, 이것저것 이야기를 나눴다. 내가 뭘 하는지 묻고 결혼을 아직 안 했다는 말에 좋은 남자를 꼭 만날 거라고 축복도 해줬다. 마치 오랫동안 알아온 동네 아주머니처럼 그들은 내 손을 꼭 잡고, 좋은 남자를 만나서 결혼하고 아기도 여럿 낳으라고 말해줬다. 조금은 웃기기도 하고 고맙기도 했다.

이렇게 친해지며, 이것저것 이야기하는 사이 기내식이 나왔고 그녀들은 한국 아주머니 관광과 다를 바 없이, 그들이 준비해 온 음식들을 이것저것 꺼내서 나눠 먹기 시작했다. 이미 일행이 되어 버린 나도 빼놓지 않고. 그녀는 티를 꺼내서 카크라(납작한 인도식 크래커)를 부서트리며 먹기 시작했는데, 예전부터 카크라를 좋아했던 내가 너무 잘 먹는 걸 보더니, 놀라며 너무 기뻐했다. 마치 동네 할머니들이 과자 잘 먹는 아이들을 흐뭇한 눈빛으로 바라본다고나 할까?

아쉽게도, 비행 시간이 그렇게 짧을 줄이야. 인도양을 건너오는 동안 그녀들은 한국인 친구가 생겼다고 말해줬고, 카크라 한 봉지를 내게 건네줬다. 그리고 무엇보다, 그녀들은 나를 축복해주었다. 훌륭한 배우자를 만나서 결혼하게 되리라고.

마치 신데렐라의 세 요정을 만난 기분이었다. 그들에게 나 역시 보답하지 않을 수 없었다. 부룬디 커피. 공항에서 산 브룬디 커피를 그녀들에게 선물했다. 처음에는 자신들을 티를 마신다고 커피를 마시지 않는다고 안 받겠다던 그녀들에게⋯⋯.

"알아요. 별거 아닌 거지만, 제 마음이 담긴 거예요. 부룬디 커피는 제게 특별하답니다. 그리고 당신들도 특별해졌어요. 꼭 드리고 싶어요. 티를 마시지만 한 번쯤은 커피를 함께 드셔보세요 색다른 맛일 거예요."

우리는 서로에게 선물을 내밀며 헤어졌다.

IRAKOZE CELIO | 12세 | – | 2011년

Burundi

꿈꾸는 카메라 22

부룬디
그 뒷이야기

꿈을 꾼 듯하다.

부룬디에서 돌아와서도 나는 여전히 사무실에 출근을 하고 커피를 마시고, 메일을 쓴다. 같은 책상에 앉아, 같은 얼굴을 보며, 익숙한 일을 하고, 같은 지하철을 타고 스마트폰으로 뉴스를 읽으며 퇴근을 한다. 부룬디의 내 삶을, 내가 만난 어린 왕자들을 이 사막 같은 도시에서는 아무도 기억해주지 않는다. 하지만 내가 길들인 장미를 돌보듯, 내 마음 속에 장미가 생겼다는 것은 큰 변화이다. 20대의 꿈과는 다른 느낌이다. 다른 속력이고 다른 설렘이다. 작은 행성 속에서 왠지 혼자가 아닌 느낌이 들었고, 먹고 살기 위한 생존 같아보이는 이 삶이 나만의 무게가 아닌 모든 인간의 무게라는 것을, 조금 덜 가져도 나름의 행복으로 웃을 수 있다는 것을 피부로 흡수했다면 조금 설명이 될까?

꿈꾸는 카메라 부룬디의 전시회가 5월 27일로 잡혔다. 아이들의 꿈이 여기 우리들에게 어떻게 받아들여질지 궁금하다. 차풍 신부님이 이것저것 바쁘시다. 여러 사람들이 자원봉사를 하기로 했고, 나는 책을 쓰며 재능 기부를 하기로 했다. 기민이는 폴리카를 생각하며 아이들과 후원인들을 연결해주는 작은 프로젝트를 시작했다. 폴리카처럼 돈이 없어 공부를 할 수 없는 아이들을 직접적으로 연결하기로 마음먹은 것이다. 진짜 우정이었나 보다. 누군가를 바꿀 힘을 가진 것을 보니 말이다. 5명이 연결되었다. 나는 그 중 한 명의 소녀를 고등학교 졸업 때까지 지원하기로 했다.

5월 5일은 어린이날이다. 한국의 어린이날. 부룬디에서도 어린이

날 행사가 열렸다. 사실 부룬디에는 어린이날이란 것이 없다. 꿈꾸는 카메라가 만든 부룬디의 '어린이날' 이라면 너무 거창하려나? 아이들이 찍은 사진을 각자에게 보내주는 것은 꿈꾸는 카메라의 철칙이다. 잠비아, 몽골 때는 우편으로 보내야 했지만, 우리는 이번에는 직접 아이들에게 자신들이 찍은 사진을 선물로 주기로 했다. 5월 5일. 한국의 어린이들을 위한 날이 부룬디의 어린이를 위한 날이었으면 좋겠다는 바람. 세상의 모든 아이들이 선물을 받고, 사랑을 받는 날이었으면 좋겠다는 바람. 영중 선생님과 수란이는 빡빡한 일정 속에 아이들의 사진을 일일이 현상하고 봉투에 담았고, 기민, 나, 하성이는 학용품이나 아이들이 필요한 소모품을 위한 기금마련을 위한 작업을 했다. 이 모든 것들을 가지고 다시 부룬디로 가서 전달을 할 중책은 호진이와 지영, 그리고 화성 오라버니가 맡았다. 물론 이 모든 것의 중심은 차풍 신부님이었다.

호진, 지영, 화성 오라버니, 대장 차풍, 그리고 새로운 멤버인 정신후, 이강원 씨와 함께 그들은 부룬디로 떠났다. 새로 합류한 두 친구도 밝고 아름다운 이들이었다. 서울에 남아 있는 우리 셋은 그들이 아로마에 가서 접속하기만을 기다렸다. 마치 아프리카 시간에 사는 사람들처럼.

5월 5일 어린이의 날. 한국에서 어린이날 행사로 모든 공원과 쇼핑몰, 놀이동산이 어린이들로 가득 했던 봄날. 부룬디의 돈보스코 고아원 기숙사에도 어린이날 행사가 열렸다. 자신이 직접 찍은 사진

들과 노란 꿈꾸는 카메라 티셔츠를 선물로 받은 부룬디 어린이들.
사진을 받아들고 좋아하는 아이들의 모습이 우리에겐 선물이었다.
눈이 빠지게 그들이 아로마에 접속하기를 기다렸던 우리는 아이들
에게서 세상에서 가장 아름다운 미소 중 하나로 꼽을 수 있을 만큼
환한 웃음들을 보았다. 페이스북을 통해 본 짧은 영상과 사진만으
로도 그들이 얼마나 기뻐하는지를 느낄 수 있었다. 어느 곳에서 누
가 입었는지도 모르는 그런 옷이 아니라 자신들만을 위해 만들어진
새 옷을 입은 그들은 병아리였다.

돈보스코 학교 아이들 중에서 사춘기에 접어들어 약간은 과격한
모습을 보이는 아이들도 있었지만, 사진을 받아들었을 때만큼은 그
렇게 해맑을 수가 없었다고 한다. 아이들은 사진도 니 것 내 것 없
이 얼굴이 나온 아이에게 깔깔거리며 준다. 내가 너를 찍었으니, 이
사진은 너의 사진이야. 서로가 나온 사진을 주거니 받거니 하는 모
습이 그렇게 자신을 행복하게 할 수 없었다고.

돈보스코 학교 운동장에 사진전이 열렸다. 아이들이 고사리 같은
손으로 사진들을 하나하나 걸었다. 빨래줄에 널린 오색찬란한 꿈
들. 그 꿈들을 수만 킬로미터나 떨어진 이곳에서 다시 사진으로 전
해보고 있다. 사진으로 되찾아 주고 싶었던 그들의 꿈들을, 그들의
미소를 다시 사진으로 보며 느끼는 감동. 에너지는 매질을 통할수
록 감소된다는데, 사진을 통할수록 그들의 꿈이, 사랑이, 미소가 더
증폭되는 것은 무엇일까? 아마 내 꿈이 투영되어서인가 보다. 어디
에선가 길을 잃고 헤매며 떠돌던 나의 꿈들이 아이들의 사진 속에서

다시 만난 폴리카.

그리고 그 아이들을 찍은 사진 속에서 프리즘처럼 투영되어 다시 무지개를 보여주는 듯했다.

단순히 사진을 전해주러 그 먼 곳까지 다시 가야했을까? 세상이 편리해져서 DHL이나 우편을 사용해도 사진을 전해줄 수 있었을 것이다. 하지만 다시 돌아올 거라는 약속을, 사진을 반드시 돌려줄 거라는 약속을 지키고 싶었다. 꿈꾸는 카메라가 아이들에게 한 약속. 머릿속으로 생각만 했던 예쁜 빛깔 같은 꿈들이 사진이 되어 눈앞에 나타났듯, 언젠가는 아이들의 그 꿈이 이루어지고, 어른이 되어도 그 꿈들을 이루어질 수 있다는 것을 보여주고 싶었다. 아니 어쩌면 그들보다 더 절실했던 것은, 우리였는지 모른다. 꿈이란 것은 이루어지는 것이고, 그 꿈이란 것이 결코 크거나 위대하거나 거창한 것이 아니라 내 옆에 있는 사랑하는 모든 것도, 지금 내 옆에 있지 않더라도 사랑하는 무언가는 꿈이 될 수 있다는 것을 그들의 사진을 받아든 표정 속에서 확인하고 싶었던, 막연한 가정이 아니라 눈으로 확인하고 싶었던 우리의 절실함이 더 컸는지도 모른다.

꿈꾸는 카메라. 우리는 계속 전시회를 하고, 자매결연처럼 아이들 학비 보내기 일대일 결연을 할 것이며, 기금이 좀 모이면 꿈꾸는 도서관을 지어주러 다시 부룬디에 갈 것이다. 그렇게 아이들에게 받은 '행복'을 갚아 나갈 것이다.

돌아와서 나는 나만의 작은 프로젝트를 시작했다. 일회용 카메라 일기. 한 달에 한 개. 일회용 카메라 하나를 가지고 내 소중한 한 달의 중요한 순간들을 찍는 것이다. 27장이니 너무 피곤한 날이나 너

부룬디 그 뒷 이야기

무 정신없는 날이나, 정말 화가 나서 카메라를 들 용기조차 나지 않는 몇몇 날을 빼면 27장은 한 달의 일기로 사용하기에 적당하다. 가장 기억하고 싶은 한 컷, 그 날 가장 감동인 것 단 한 컷을 찍는 것은 내게 아이들이 가르쳐 준 '행복 레시피'이다. 아이들이 27장의 사진에 담을 컷을 고를 때, 최선을 다해 고르고, 그 순간을 준비하는 모습, 일상을 감사하는 모습, 그리고 제한된 27장 안에 가장 최고의 순간을 기다리는 신중하고 진중한 삶의 태도. 그게 내게 필요했다. 삶이란 결국 매 순간 아닌가? 내 사진에 담을 최고의 순간을 찾기 위해, 하루하루 노력하고 감사하다 보면 내 삶은 행복해지는 것 아닐까? 마치 숙제처럼 열심히 살기 위해 사진을 찍다 보면 언젠간 내가 행복해 있다는 것을 발견하지 않을까? 지금 내 카메라에는 필름이 2장 남았다. 사진을 현상하면 내 일상의 행복함이 녹아 있겠지. 영원히 남을 사진 앞에서 소녀가 사진 찍기 전 렌즈 앞에서 머리 한 번 더 다듬고, 옷매무새를 한 번 더 다듬듯이, 나 역시 한 번 더, 나의 매 순간에 충실하기 위해 정성을 다했다. 나의 '행복한 카메라 일기'는 부룬디 아이들에게서 배운, 꿈꾸는 카메라에서 배운, 나의 장미이다. 어린 왕자의 장미처럼 내게 소중해진, 내가 가꿔야 할 장미.

내 개인적인 '행복한 카메라 일기'이지만, 앞으로 다른 사람들과 해보고 싶은 마음도 있다. 나처럼 삶이 의미 없었던, 아무런 답도 찾을 수 없었던 사람들이 스스로 답을 찾을 수 있도록.

꿈꾸는 카메라.

그렇게 나는 '함께 꾸는 꿈'을 차곡차곡 찍어내고 있다.

아이들 덕분에.

에필로그

노란 풍경 속
부룬디 아이들을 기억하며

빛나는 태양과 흙빛 대지와 그 노란 느낌을, 푸른 탕가니카 호수의 장대함과 까만 얼굴에 유난히 반짝이는 치아를 환히 드러내며 셔터를 누르며 웃는 그 아이들의 느낌을 책으로 표현한다는 것. 내 느낌을 어떻게 글로 표현할 수 있을까? 무엇보다 나 스스로도 읽지 못하는 나의 마음이 조금씩 따뜻한 물에 물감 풀리든 풀어지는 그 뭉글뭉글하고도, 흐물흐물해지며 무언가 서서히 스며드는 그 느낌을 어떻게 설명할 수 있을까?

글을 쓰는 6개월 내내, 많은 생각들과 기억들이 나를 맴돌아 나는 마치 6개월 동안 부룬디에 가 있는 느낌이었다. 나는 여전히 부룬디의 기억을 걸었고, 아이들의 미소와 웃었고, 이해하지 못할 언어에 갇혀 질문하고 있었으며, 나 자신의 무지와 몰이해에 혼란스러웠다. 하지만 이 모든 느낌들이 결코 슬프지 않았다는 것. 감사했다는 것. 그리고 행복했다는 것만은 확실하다.

아이들의 이야기나 그들의 삶에 대해 나는 얼마나 객관적인 시선을 갖고 있는지, 나 역시 내 자의로, 내 무지로 그들을 해석하지 않는지 걱정이 되었다. 부룬디에 대한 자료는 특히 부족했기에 좀 더 객관적인 사실과 시선을 찾으려고 노력했으나, 절대적으로 부족한 자료들과 언어적 한계에 (이럴 땐 내가 불어를 하지 못하는 것이 얼마나 후회가 되던지) 아쉬운 마음이 들기도 했다. 오히려 정보의 때(?)에 묻지 않은 나나 꿈카 팀의 시선이 부룬디의 전체는 아닐지라도 작은 부분을 보여 줄 수 있을 지도 모른다는 위안이 들이도 했고, 이것이 책을 마치는 힘이 되기도 했다.

이 책의 주인공은 결국 '부룬디의 아이들'이다. 그 아이들에게 이 책을 바친다. 그리고 누군가에게 이 책의 공을 돌린다면 바로 차풍 신부님과 최고의 팀웍으로 서로를 위해 주던 꿈꾸는 카메라 부룬디 팀의 모든 팀원들일 것이다. 좀 더 여분이 남아 있다면 가장 크게 나를 움직였던, 부룬디 아이들에 대한 이야기를 쓸 수 있는 '사랑하는 마음'을 떠올리게 해준, 나의 아버지에게 이 책을 바친다.